ハヤカワ文庫SF

〈SF2312〉

宇宙英雄ローダン・シリーズ〈633〉

疫病惑星の女神

H・G・フランシス＆クルト・マール

星谷 馨訳

早川書房

8611

PERRY RHODAN

DIE HEILENDE GÖTTIN

DER TROSS DES KRIEGERS

by

H. G. Francis

Kurt Mahr

Translated by

Kaori Hoshiya

First published 2021 in Japan by

HAYAKAWA PUBLISHING, INC.

This book is published in Japan by

arrangement with

PABEL-MOEWIG VERLAG KG

through JAPAN UNI AGENCY, INC., TOKYO.

目次

疫病惑星の女神……………七
まやかしの楽園……………一三九
あとがきにかえて……………二六七

疫病惑星の女神

疫病惑星の女神

H・G・フランシス

登場人物

イルミナ・コチストワ……………………メタバイオ変換能力者
クサウンドクセ……………………………マガラ人。キド・カントレン教団の上級神官
グロウ＝タル………………………………マガラ人
グロウ………………………………………同。グロウ＝タルの妻
マガラ・キド（キド）……………………マガラ人が信じる神的存在

1

〝キド・フタル・ダラン〟と呼ばれるトカゲの末裔《まつえい》クサウンドクセは、思いがけない寒《さむ》気《け》を感じたかのように身をすくませた。両手をあげて口を開け、恐ろしげな円錐形の歯をのぞかせると、すこしのあいだ両目を大きく見開いたまま、呼吸困難に襲われたみたいにあえぐ。

丘の上にあるこの屋敷に足を踏み入れたのは、ほんの数分前だ。屋敷はすみずみまで贅をつくしてある。どこもかしこも清潔にととのえられ、外の世界とは似ても似つかない。そのことには非常に驚いたが、クサウンドクセ自身はまったくいいと思えなかった。これほどの清潔さはいきすぎだし、不健康ではないか。清潔すぎる世界など、不自然のきわみだ。そんななかにいて、どうすれば反骨精神が養われるというのか？

「どうかしましたか、クサウンドクセ？」屋敷の女主人、グロウがたずねる。弱々しいほど痩《や》せ細り、不安げな目をして、金の指輪がついた両手を懇願するようにかれへとのばしてきた。突きだした後半身を白い下着でおおって金色のバックルでとめ、その上から銀色に輝くケープをまとっている。太い頸のまわりを繊細な金のチェーンで飾り、うなじに七つある角のような瘤《こぶ》には、みごとに磨かれた宝石のきらめくキャップがかぶせてある。

クサウンドクセが屋敷に呼ばれたのは、だれも予測していなかったことが起きたから。とはいえ、じつはそれは日常茶飯事《にちじょうさはんじ》だ。キド・フタル・ダランは……この称号は〝眠れる奇蹟に照らされる者〟と解釈するのがもっとも近い……とうに同情すらおぼえなくなっている。かれにしてみればよくある出来ごとで、希望も期待も予想も、ほとんど打ち砕かれていた。

「どうしました?」グロウがくりかえす。「なぜ、黙っているのです?」

「すまない」クサウンドクセは答え、何度か深呼吸した。寒気を追いはらおうと努力しながら、「一瞬、窪地の防護システムに異常が起きた気がしたのだ……そう、大屋根が壊れて温度がさがったような。だが、わたしの勘ちがいだったらしい」

本当のことはいわなかった。じつはまったくべつの理由で不安をおぼえたのだが、彼女は知らなくていいことだから。

クサウンドクセは揺りかごをのぞきこんだ。二週間前に孵化《ふか》したグロウの子供が寝かされている。いままでと変わらず元気に見えるが、実際はちがう。死に脅かされているのだ。

揺りかごの上に身を乗りだし、そっと羽根布団をわきによせると、腫瘍《しゅよう》のせいで不格好にふくれあがった子供の下半身が見えた。

「けさはまだ、なんともなかったのです」グロウが説明した。「わたしが自分で確認しましたから。でもそのあと、いきなりこうなってしまって。すごい勢いで大きくなっています。この状態がつづくのかと思うと……」

そこで口をつぐみ、ふたたび両手をクサウンドクセにのばしてきた。グリーンの手には傷ひとつない。鱗《うろこ》の先端がかすかに揺れ、電気ランプの光にきらめいている。家じゅういたるところに置かれたランプは、住む者の裕福さをなにより雄弁に物語っていた。

ドアが開き、グロウ＝タルがおもむろに入ってきた。テマ・タハルの町でもっとも有力な工場主は、妻のグロウより一メートルほど背が高い。幅ひろく張りだした頭部、こぶし大の冷たい目、前に突きでた顎。唇の上には裂肉歯が八本ならぶ。赤と黄色とグリーンの衣装を巧みに重ね着しており、ただでさえ押し出しのいい体形がよけい威圧的に見える。赤い帽子についた赤い弁髪は、惑星マガラで最大かつ最有力の宗教団体〝キド・カントレン教団〟の信者のシンボルだ。クサウンドクセはそこの上級神官だった。

「連中、権利を要求している！」グロウ＝タルは鼻息も荒くいった。「労働者が権利を要求するなど、これまでに聞いたことがあるか？　おのれの生活すら、かつかつの状態だというのに。やつらの女はみな何十個も卵を産むが、そのうちひとつもまともな子供にはならない。育てる能力がないからだ」

「かれらは飢えているのよ」妻がおずおずと反論する。「まず自分たちが充分に力をつけて、子供に栄養をあたえられれば、育てられるかもしれないわ」

「黙れ！」工場主は妻をどなりつけた。「こうした問題に女が口をはさむとろくなことにならん。女はあまりにもおろかで、ものごとの関連をまるでわかっていない」

　グロウはびくりとし、卑屈なしぐさで頭をさげる。

「いったいなにごとです？」グロウ＝タルはキド・カントレン教団の上級神官に向かってたずねた。「なにゆえ、神に仕える身のあなたがわが家へ？」

「きみの子供の件で呼ばれたのだ」と、キド・フタル・ダラン。「死の天使が手をかかげている」

　工場主は驚いて上級神官を見た。その目にはじめて生気のようなものが宿る。

「そんなはずは、ない……」と、つかえながら、「キドがそんなことをするはずはない。わたしは多くの金を寄付してきましたぞ。大金を」

「だからといって、なにも約束はできないといっただろう。キドの思し召《おぼしめ》しははかりしれない。生死を決められるのはキドだけだ。だれもおのれの意図を押しつけることはできない」

グロウ＝タルは揺りかごにかがみこみ、子供のちいさな手を握った。ショックをかくしきれない。不格好な下半身を見て、救いはないと認識する。それでもクサウンドクセに向きなおり、

「なにか手立てはないのですか？」と、食いさがった。「あなたはキド・フタル・ダランだ。子供を助けられる者がいるとしたら、あなたしかいない」

クサウンドクセは答えず、黙って工場主を見つめるだけだ。

「キドと話してください」と、グロウ＝タル。「あなたならできる。いままで何度もそうしてきたでしょう。あなたの言葉なら、キドは聞いてくださる」

「外では毎日、数千名の子供が死んでいる」クサウンドクセは答えた。「主《しゅ》になにを話せというのだ？　きみの子供がほかの子供たちよりすぐれているとでも？」

グロウ＝タルは激怒した。歯をむきだし、

「二度といわせないぞ、クサウンドクセ」と、すごむ。「うちの子が、外にいるほかの労働者たちの子供と変わらないというのか？　気はたしかか？　外に出てみるといい。やつらがどれほど汚いごみ溜めに住んでいるか、わかるはず。目が見えないのか？　やつらとわたしの立場がどれほどちがうか、忘れてしまったのか？」

グロウが必死に夫の腕をつかんで、涙ながらに訴えた。

「やめてちょうだい。上級神官をそんなふうに侮辱したら、あなたとうちの息子のためになにもしてもらえなくなるわ」

グロウ＝タルは自分でもなにをいってしまったか気づいたらしく、ひざまずく。

「申しわけありません、高貴なるクサウンドクセ」あえぎながら許しを請い、両手をかかげた。「わたしのなかでなにが起きてしまったのか。悪魔が舌を操ったとしか思えない。どうか、わが命をあなたの意のままに」

そのまま身を投げだすと、頭を床にこすりつけ、上級神官の足もとに両手をのばす。クサウンドクセは相手のしたいようにさせておき、考えこみながら揺りかごに目をやって、一歩しりぞいた。

「どうなるか、ようすを見よう」そう告げ、丘の上の屋敷を退出することにする。部屋じゅうに電気ランプの明かりがあふれ、まるで晴れた日のようだ。

外に出て、屋敷前の階段をおりていった。数名の召使いがせっせと階段を掃除している。無数の煙突から絶え間なく煤《すす》が吐きだされ、階段に降り積もるのだ。召使いたちはクサウンドクセのあとを追い、かれが真っ白い石の階段につけた足跡を消していく。

顔をあげて上級神官を見ようとする者はだれもいない。

クサウンドクセは階段の下にとめてあった車輛に乗りこんだ。

「帰るぞ」と、運転手に命じる。操縦装置の前に無言ですわっていた運転手は、乗り物をスタートさせるのに、やたらまわりくどい手順を踏みはじめた。いくつかレバーを動かし、ノブを押したり引いたりまわしたりする。やがて音をたててモーターが作動し、車輛がスタート。がくんと衝撃があって、キド・フタル・ダランはクッションにからだを強く押しつけられた。

「なんとすばらしい発明品だろう」と、ひとりごちる。「何度乗っても驚いてしまう。どんな馬より速いのだから」

乗り物は凹凸《おうとつ》のある道をがたがたと進んでいった。外の世界は陰鬱《いんうつ》で、グロウ＝タルの屋敷とは対照的だ。家々は工場の煙突から出る煤で黒く汚れ、腰布だけをつけた黒っぽいグレイの姿があちこち行き来している。オイルランプやガスランプのはなつ光は弱く、〝大屋根〟がテマ・タハルの窪地すべてをおおっているため、ここまでは恒星の放射もほとんどとどかない。

クサウンドクセは煤のことなど気にしなかった。それはいつでもどこでも存在する。清潔な場所は数えるほどしかない……グロウ＝タルの屋敷と神殿のほか、十数軒ほどある有力者の家だけ。それ以外はどこも煤だらけだ。煤は道に積もり、大屋根を支える巨大な柱をおおい、テマ・タハルの家々や住民たちを汚す。ほとんどの住民は呼吸器疾患に苦しんでいた。それでも、煤をどうにかしようと考える者はいない。そんなことをすれば莫大な金がかかる。その費用をいったいだれがまかなうのか？

クサウンドクセはポケットからハンカチをとりだし、外が見えるように窓を拭《ふ》いた。車の近くにいる男女や子供が重い足どりで、機械部品を積んだ荷車を引いている。だれもみな真っ黒だ。もとはどんな色の鱗だったかわからない。

上級神官は座席のクッションにもたれて目を閉じた。重労働にあえぐテマ・タハルの住民たちを見ても、同情の念は湧かない。ほかに仕事はないのだ。いまこのとき、生きながらえているだけでも上等ではないのか？　まさに技術進歩のおかげで、冷気を防ぎ寒さから守ってくれる大屋根が窪地に建設されたのだから。クサウンドクセは思わず寒気を感じ、手で両腕をこすった。

グロウ＝タルのいったことにも一理ある。民衆は新しい権利ばかりもとめずに、おとなしくしているべきなのだ。

そのとき突然、車輛がストップした。反動でクサウンドクセは座席から滑り落ち、床に投げだされる。

「なにごとか？」運転手をどなりつけた。

「デモ行進です、ご主人。群衆が道をふさいでいます」

クサウンドクセは不機嫌にうなると、ドアを押し開けて車輛を降り、デモ隊と向かい合った。すくなくとも二百名ほどの男女と子供たちだ。みな痩せこけてみすぼらしく汚れ、ぼろを身にまとっている。ほとんどの者はからだの一部が腫瘍におおわれていた。

先頭に立つ男は身長三メートルほど。張りだした肩に巨大な頭部が目立つ。

「バウ・ボウだな」キド・フタル・ダランはそういい、「話は聞いている。女子供にまで呼びかけて、わたしがここを通るのをじゃましようとしたのはおまえか。驚くにはあたらないが。まさか、ひとりでわたしと対峙《たいじ》するのを恐れたわけではあるまいな?」

バウ・ボウは炭鉱夫で、ほとんどの時間、テマ・タハルの地下ほぼ三千メートル地点に達する坑道で暮らしている。そこで働く数千名の労働者たちと同様、年に一、二度しか鉱山の底から出てこない。ただ、出てくるとかならず騒ぎを起こす。まるで、そのためにに地上にあがってくるのかと思えるほどだ。バウ・ボウもほかの多くの労働者たちも、なぜ死ぬまでずっと坑道にじっとしていないのか、クサウンドクセにはわからない。地下では数千名の若者が生まれて育ち、命が終わるまでそこで働き、死んだら塵芥《じんかい》の下に埋められる。どうしてバウ・ボウはその例にならわないのか? なぜ窪地に不満を運んでくる? なぜ、ここよりずっと暖かい地下にとどまろうとしないのか?

「あなたに話があってあがってきたんです、上級神官」バウ・ボウが答えた。

「おまえたちは権利を要求していると聞いたが?」

労働者は否定するように、たことあかぎれだらけの手を振った。

「いえ、その件ではありません。マガラ・キドに関する話でして」

クサウンドクセは内心ほっとして、胸の鼓動もおさまった。社会的対立に巻きこまれるのはごめんだ。進歩した社会になったとたん、つねにものごとを変えようとするやり方には賛成できない。とりあえず労働者の三分の一は食べることができている。それで充分ではないか？　なぜ、それ以上をもとめようとする？

　衰弱しきった子供がひとり、地面に倒れて動かなくなった。母親がそばにひざまずき、なにか小声で話しかけている。

「マガラ・キドに関する話か……」クサウンドクセは間のびした口調で応じた。「神なるマガラ・キド。わたしことキド・フタル・ダランはそのしもべだ。マガラを統《す》べるキドは、惑星住民すべてに手をさしのべてくださる。ところが、住民の数名はキドからの離反をもくろんでいるらしい。かれらに破門という報いがくだらんことを。それにより、離反者の破滅的な影響下にあるほかの者も改心する……」

「そのとおりです。かれらには報いがくだるといい」バウ・ボウが賛意をしめす。「死と破滅が待っているでしょう。ただ、いまはわれわれにとって重要な話題があるはず」

　クサウンドクセは非難するように労働者を見た。こんなふうに話を途中でさえぎられ、指摘されることに慣れていないのだ。それでも二度、深呼吸すると、寛大なところを見せようと決意した。

　これでバウ・ボウもほかの者も自分に好印象をいだくだろう。クサウンドクセはそう考え、もったいぶって両手を高くあげた。

「全身を耳にして聞こう、バウ・ボウよ。いいたいことをいうがいい」

「ここにいる男女や子供たちを見てください」労働者たちのリーダーはみじめな姿の者たちのあいだを歩き、かれらの腫瘍をさししめした。

「見ているとも」クサウンドクセは平然と応じた。いったいこの男はなにがいいたいのかと、いぶかりながら。

「キドが神ならば、治してくれるはず」と、炭鉱夫。「本当に神ならば、われわれをこの病気から解放してくれてもいいではないですか」

「つまり、本当にキドが神かどうか問うているのか？　疑っていると？　さらにあつかましくも、キドに要求するのか？」クサウンドクセはたたみかけた。「マガラ・キドがなにをわれわれにもたらしたか、忘れてしまったか？　テマ・タハルはわずか数十年で驚くべき技術惑星となった。われわれ、一年を通して生活できるようになったのだぞ。外は恐ろしい冷気が支配している。これにさらされたら、全員が麻痺してしまうだろう。種族の数は十万名以上に増加したではないか。これ以上、なにを望む？」

バウ・ボウは腰布の下から一冊の本をとりだした。それを片手で持ち、もう一方の手で埃《ほこり》をはらうと、震える声で説明をはじめる。

「これを下で見つけました。二百年前のテマ・タハルでの生活について、かんたんに書いてあるだけの本ですが」

クサウンドクセは笑みを浮かべて手を振り、

「二百年前だと？　だれがそんなことを知りたがるのかね、友よ？　それに、そのころの生活がどんなだったかは、わたしにだってわかる。たぶん、原始的な環境のテマ・タハルに四、五千名の男女と子供が暮らしていただろう。自然があたえてくれるものではほとんど栄養をとれず、機械類は皆無《かいむ》。衣服も手作業でつくるしかない。家にいても身を守ることはできないし、そもそも家があったかどうか。みじめな穴蔵暮らしだったかもしれない。その本のどこに読む価値があるのだ？」

「平均寿命が書いてあるんです」バウ・ボウの答えだ。

クサウンドクセは聞きまちがえたかと思った。

「なんだ、それは？」疑り深く訊く。

そんなこと、いままで考えもしなかった。かれにとり〝平均寿命〟などというのは完全に理論的な概念で、なんの意味も持たない。自身は健康だし、腫瘍ができる恐れはないのだから、どうして命の長さを思いわずらう必要があろう？　むろん、自分も……ほかの者もみなそうだが……いつかは死ぬ。しかし、それは遠い先のことだ。

「よくわからんな」と、つけくわえた。

「この本には書いてあります、テマ・タハルの住民は平均で九十歳まで生きると」バウ・ボウがいう。「いまの平均寿命がどれくらいか、ご存じですね？」

「状況にもよるが、いくらかみじかいだろうな」上級神官は用心深く答える。認めたほうがよさそうだと、クサウンドクセは考えた。テマ・タハルの住民ほとんどが食べるものに困っているのを、かれは知りすぎるほど知っている。本当なら、とっくに餓死していても不思議ではない。低賃金のため、ほとんどなにも買えないのだ。それでもかれらは、どんな仕事でも手に入れようと過酷な競争をしている。仕事がなければ生きのこるチャンスはゼロになるから。

「キドと話してみる」と、きっぱりいった。「きょうにもテマ・タハルを出発し、キドのもとへ行って、おまえたちのために助けをもとめよう。わたしにまかせておけ」

群衆は歓喜の声をあげた。バウ・ボウはもっと話したそうにしたが、そのそばを男も女も子供も通りすぎてクサウンドクセの前で地面に身を投げだし、上級神官に触れようと手をのばす。バウ・ボウはあきらめて両手をおろした。まだいいたいことも、要求したいこともあったのだが、遅すぎたようだ。

クサウンドクセはありがたい文言をひとつふたつ口にすると、もう一度さっきの約束をくりかえして群衆に手を振り、ふたたび車輛に乗りこんだ。バウ・ボウが道をあけ、車輛はがたがたと走りだす。

キド・フタル・ダランはふたたび思いだした……グロウ＝タルの屋敷にいたとき、ある幻影を見たことを。

ちょうどいい、と、考える。これでテマ・タハルをはなれる理由ができた。わたしが住民の健康を願いに出かけたのだと、だれもが信じるだろう。ばかなやつらだ！

神殿はちいさな島にある。そこへつづく橋の渡り板に、信者が数十名うずくまっていた。全員、こぶしをマガラ・キドのシンボルのかたちに握り、赤く光る帽子をかぶっている。これは嘆願者であることをしめすもので、かぶらずに上級神官のもとへ行っても意味がないのだ。キド・フタル・ダランが橋のたもとを横切ると、かれらはそちらに向かい、話しかけたり、たのみごとをしたりした。クサウンドクセは立ちどまり、かれらの言葉に辛抱強く耳をかたむけ、できることはなんでもすると約束した。

贅沢なつくりの神殿は巨大な角石の上に建てられている。クサウンドクセが足を踏み入れると、一名の下級神官が近よってきて、うやうやしくお辞儀をした。

「なにかあったのか？」クサウンドクセは訊いた。この神官もまた、嘆願者の赤い帽子をかぶっていると気づいたのだ。

「微妙な問題なので、だれにもじゃまされずにお話ししたいのですが、クサウンドクセ」と、下級神官。年のころは十六歳ほどか。しかし、頭部の鱗にはすでに老化の兆《きざ》しが見てとれる。

「ここでは話せないと？　ま、いいだろう。応接室に行こう」

クサウンドクセはちいさく明るい部屋の扉を開けた。天井と壁は高価な絵画と貴金属

で装飾されている。かれは重厚な作業デスクのうしろの椅子にすわると、

「さ、話せ」と、床で身を低くしている下級神官をうながした。時間が惜しく、もどかしい。白昼夢のなかでキドに迫る危険を目にしたことが、くりかえし思いだされるのだ。一刻も早くテマ・タハルを出発し、ことが正しく進むように気を配らなければ。

「グロウの子供のことでして」神官は口を開いた。「病気なのです」

クサウンドクセは怒りをおぼえ、唇を引き結んで裂肉歯をむきだす。一瞬、立ちあがって相手を叱りつけそうになるが、すわったままで自問した。この若い神官は、なんだって嘆願のつとめをこんなふうに誤用するのか。

「グロウの家に行かれましたね。子供の状態を見たのに、治すことを拒否したとか」

「治すことは、わたしにはできない」と、クサウンドクセ。「できるのは、治してくださいとキドに願うことだけだ」

「それでも同じです」

「グロウはまだいくらでも子供を持てるだろう」上級神官は不機嫌に告げた。「なぜ、あの子にそれほど執着する？　死んだらまた新しい卵を産めばいい。そうすれば、ことはおさまるはず」

「それはできません」

クサウンドクセは当惑して相手を見た。

「どういう意味だ？」

「グロウはもう卵を産めないのです」

上級神官は椅子にからだをもたせかけた。問題の核心がまだわからない。なぜグロウは子供のことでそれほど騒ぐのだ？　どういうわけで、自分にかくれてこの神官と話し、嘆願者の帽子をかぶる気にさせたのか？　健康な女なら望めばいくらでも卵を産める。もしだめだとしても、なんの問題もない。そんなことで騒ぐ夫はいないだろう。ぜひとも子供がほしければ、べつの家族からもらい子をすればいいのだ。どうしてもいまの妻がいいなら一時的にほかの女と関係を持つこともできるし、そうでなければ第二、第三、第四の妻をめとればいい。召使いのなかから選んでもいい。あるいは、子供をあきらめるという選択もある。近ごろでは、子供の存在はそれほど重要ではない……とりわけ、すでに跡継ぎが決まっている金持ちの場合は。貧乏人には労働力として子供が必要だから、いないと死活問題になるが。

「なるほど……で？」と、クサウンドクセ。「グロウはもう卵を産めない。だからきみがここにきて、わたしをわずらわせるわけか？　彼女の子を救うことはできないぞ。テマ・タハルの病気の子供をすべて治そうと思ったら、大変な手間がかかる」

「グロウは自分がもう子供を持てないことを知りません」

クサウンドクセはデスクにこぶしを打ちつけた。めりめりと不穏な音がし、若い神官が驚いて硬直する。上級神官は怒りに燃える目を相手に向け、大声を出した。

「わたしをばかにしているのか？　さっさと核心に触れろ！　いったい、本当はなにがいいたい？」

「いま、わたしのところに婦人科医のタミルがいるのです」と、若い神官は打ち明けた。

「ご存じのとおり、タミルはスカミリド一族の者。スカミリド一族は、テマ・タハルの君主の館と対立関係にあります」

「対立関係だと？」クサウンドクセは真っ向から反論する。「その表現は実際の状況をまったくあらわしていない。テマ・タハルとスカミリドは不倶戴天《ふぐたいてん》の敵どうしだ。ほんの小競《こぜ》り合いひとつで、いつ戦争になってもおかしくない。スカミリドはわれわれが経済的成功をおさめたのをうらやみ、すこしでも進歩すれば嫉妬する。きっかけさえあれば、すぐに襲いかかってくるだろう。とはいえ……われわれにはどうしようもない」

本心では、かれはスカミリド一族との軍事衝突を回避したかった。スカミリドの経営する会社に多額の投資をしているのだ。それを考えると、損失が出るようなことはしたくない。

「タミルは数年前、一族との縁を切ってわれわれのもとに逃げてきました。そのとき、画期的な発明品の数々を君主の館に持ちこみ、それがこちらに非常な利益をもたらしたことで、かれは君主のごひいきとなったわけですが……」

「ちょっと待て」クサウンドクセは神官の言葉をさえぎった。「タミルは婦人科医だといったな。スカミリド一族でもある。かれがグロウを診察していたのか？」

若い神官は大きく息を吸い、

「そのとおり、タミルはグロウの主治医です。さらに、かれはグロウに誤った治療をしてしまった。それが原因で、彼女は卵が産めないからだになったのです」

「誤った治療？」

「医療ミスです。いつでも起こりうるもの」

「なるほど、話が見えてきたぞ。タミルはきみのもとにいて、不安を感じているのだな。おのれの身を案じているわけだ。医療ミスが明るみに出ればスキャンダルになり、追われてしまうと恐れて」

「もっと大変な話ですよ」と、若い神官。「つまり、あなたはご存じないのですね。グロウはわれらが君主の孫娘なのです」

クサウンドクセは驚愕して首を振った。

「彼女、イェフレイク家の出身だというのか？」

「君主イェフレイクの血族です」

「そうなると、婦人科医のミスは命とりになる。スカミリド一族の者が、君主の血族に身体的・精神的な傷を負わせたのだから」

「それだけじゃない。わかりませんか？　君主の家系の女が子供を産めないなど、あってはならないのです。どのような瑕疵《かし》も、君主の館の評判を落とすことになりますから。その責任がスカミリド一族の者にあるとわかれば、戦争がはじまってしまう。マガラ・キドの出番です。キドはあなたの手に運命をゆだねました。あなたが話しかけるのを待っている。思いどおりに決断せよといっているのです」

キド・フタル・ダランは勢いよく立ちあがり、作業デスクをまわって前に出てくると、「ばかなことを」と、反論した。「これはキドには無関係だ。一婦人科医が医療ミスをおかし、窮地を救ってほしいといっているのだろう。いますぐわたしのところにくるべきだ」

「タミルは……すぐ近くにいます」若い神官が口ごもる。

「連れてこい」

二分後、婦人科医が入ってきて、クサウンドクセの前にひざまずいた。

「話は聞いた」と、上級神官。「きみを助けることはできるが、ひとつ質問がある。子供が健康なからだにもどるとしたら、きみはなにをする？」

「全財産を投げだす覚悟です」医師が答える。

クサウンドクセは満足げに歯をむきだし、両手を腹の上に置いた。

「交渉成立のようだな。全財産というが、どれくらいの額だね？　いかほど持っている？　心配しなくていい、すべて巻きあげるようなことはしないから。九割くらいのものだ。結局、きみだって今後も生活し、働かなくてはならないのだからな」

相手の口からその金額を聞いたクサウンドクセは驚いた。タミルがそれほど金持ちだとは、いまのいままで思ったこともなかったのだ。

「子供がもとどおり健康になるよう、手をつくそう」と、約束した。

2

リフトキャビンの扉が閉まり、軽く揺れながら上昇していく。キド・フタル・ダランは感嘆しつつ、扉の金属格子《こうし》を両手でなでた。マガラ人は大変な進歩をなしとげたものだと、あらためて驚く。このような機械を使って、窪地をおおう大屋根まで行けるようになるとは、だれが数年前に予測しただろうか？　技術革新の成果はじつに目ざましい。

目的地に着くと、キャビンはきしみ音をたてながら支持架のなかに滑りこみ、そこで固定された。金属格子の扉がスライドして開き、大屋根までつづく斜路が目の前にあらわれる。

裸同然の労働者が四名、上級神官のもとに急いでやってきて、毛皮のコートを着せかけた。コートですっかりくるんでしまうと、目の部分だけが開いている毛皮の帽子をかぶせ、ゴーグルをかけさせ、裏張りのついた手袋をはめさせる。それからエアロックへと案内した。

「われわれがお供できるのは、ここまでです」労働者の一名がいう。クサウンドクセは返事しない。ここには何度もきていて、同じ言葉をいやというほど聞かされたからだ。

エアロックに入ると、うしろで男たちがハッチを閉めた。数秒後、外側ハッチが開く。外は雪が舞っているが、驚くことはない。窪地の上にひろがる大屋根の上を、クサウンドクセは足音高く歩いていく。目の前にはグレイに汚れた平地がひろがり、そこかしこに煙突が突きでていた。煙突から出る排気ガスはぶあつい雲となり、絶え間なく煤塵《ばいじん》をまきちらす。それが大屋根の上にも、窪地の周囲にも、降り積もっていた。

エアロックから百メートルほどはなれたところで、マスク姿の労働者が数名、ひどくもろそうな一飛翔機を準備していた。どう見ても単純なつくりで設計ミスだらけの乗り物だとわかるのだが、この惑星の住民はだれひとりそう思っていない。クサウンドクセとほかの全マガラ人にとって、この飛翔機は工業技術の粋であり、最新テクノロジーのたまものなのだ。

雪と煤塵が舞うなか、キド・フタル・ダランは急いで飛翔機に駆けより、労働者の助けを借りてよじのぼると、なかに乗りこんだ。エンジンを始動させ、スタートする。轟《ごう》音《おん》とともにマシンのスキッドが大屋根の上を滑りはじめ、ついに鈍重な動きで地面から浮きあがった。三百メートルほど上昇するまで待ってから、上級神官は透明キャノピーを閉じて吹きつける風をよける。これで寒さは感じない。

われわれは自然を征服したのだ、と、誇らしげに考えた。じきに全宇宙をも支配下におくだろう。キドが助けてくださる。われわれを押しとどめるものなどあろうか？　マガラ人はこの世でいちばん進化した生命体だ。われわれの上に存在するのは、キドだけ……わたしはそのキドと、すばらしい関係をたもっている。

飛翔機は何度も揺れ、がくんと数メートル降下してはなんとか上昇するのをくりかえす。だが、キド・フタル・ダランは気にもとめなかった。いつものことだし、この動きになんら問題はない。

そのときふたたび心の目に、かれが〝白昼夢〟と呼んでいるあの幻影が見えた。

「悪魔め、また使者を送ってきたな。何度やれば気がすむのだ。その手には乗らんぞ」

マシンがゆっくりと高度をあげていく。クサウンドクセは北へ向けて操縦しながら、地面に目をやった。何カ所もひび割れた雪景色がひろがっている。春が近づき、気温はもう零度をずいぶん上まわっているが、それでもまだ生物にとってはかなり寒い。それなりの防護服がないとたちまち寒冷硬直してしまい、二十度以上の温度になるまで目ざめなくなる。この理由から、テマ・タハルの窪地を大屋根でおおうことにしたのだ。こうした設備がなければ、窪地は自然の力に無防備にさらされ、寒冷期にはあらゆる生物が姿を消すことになる。窪地から暖気が逃げて寒さが入りこむのを、大屋根が防いでくれるわけだ。クサウンドクセは誇らしい。大屋根はテマ・タハルが自然に打ち勝ったことの象徴だから。変温生物であるマガラ人が何カ月も寒冷硬直をまぬがれ、一年じゅう活動できるのも、これのおかげである。

「われわれ、まだスタートラインに立ったばかりだ」そうひとりごち、曇った窓ガラスを手袋で拭いた。「今後も多くのものを発見し、惑星に住むほかの部族を大きく引きはなしてみせる。いつの日か、われわれの前に全部族がひざまずくだろう。ただの一度も武力を使う必要はない。この技術的優位を目《ま》のあたりにすれば、だれもわれわれ相手に戦おうとはしないから。そうしたら……キドよ……わたしは惑星全土に認められる上級神官となりますぞ。わが権威を疑う者はいなくなる」

どれほどの権力が手に入るか考えたら、笑いがとまらない。

そのとき、エンジンがノッキングし、ついには完全に停止した。クサウンドクセはあわてて操縦レバーをつかむが、マシンが急降下しはじめ、高さ五百メートルはある岩山に近づいているのがわかった。岩は難攻不落の壁のごとく、進路をふさいでいる。このままなにもしなければ衝突は避けられない。かれは両手でレバーを手前に引いた。機首が上を向き、高度計の表示からも上昇していることがわかったが、まだ高度がたりない。

「やめてください、キド！」上級神官は震える声で叫んだ。「どうか怒りをしずめて。これはなにかの兆しですね。こうした技術的傑作もあなたの考えひとつでスクラップになり、乗客は寒気《かんき》のなかにほうりだされる。それをわたしに告げようとしたのですね。お許しください、キド。自分のことばかり考えていました。ですが、わたしはあなたに仕える上級神官。あなたの代理として、その教えを惑星じゅうに告知します。あなたの力を全信者に知らしめ、あなたこそがこの世界を動かし、すべてのものごとを決定するのだとわからせます」

エンジン・スターターをまわす。モーターが何度か回転するが、動きださない。岩山はどんどん近づいてくるのに、やはり飛翔機はまだ低いところを飛んでいる。

「わたしが神官長になるのは確実です、キド。その影響範囲は全惑星におよぶでしょう。しかしそれでも、わたしはつねにあなたの名のもと、あなたになりかわって話をします、キド！　わたしはあなたのために生きている。それはご存じですね。後生ですから、エンジンを動かしてください。これほどの従者をあらたに探すのは大変ですよ。わたしが何年もかかって任務を遂行し、あなたを心から満足させられるようになったことをお忘れですか？」

かれは頭をかたむけて耳をすませた。だが、主翼のそばを吹きすぎる風の音以外、なにも聞こえない。

「いまいましい、キド。もうおしまいだ」と、あえいだ。岩の障壁がすごい勢いで接近してくる。クサウンドクセはやけくそで、操縦レバーを思いきり引っ張った。マシンが〝棒立ち〟になり、二メートルほど上昇。氷におおわれた岩ふたつのあいだを疾駆し、障壁を飛びこえる。下を見ると、花の咲き乱れる谷がひろがっていた。小川が二本、銀色に光る大蛇のごとく、緑の森から西へと流れていき、遠くに消えている。機体は上昇気流にとらえられ、急速に数百メートルほど高度をあげた。

「あぶないところでした、キド」上級神官は息をはずませつつ、「わたしに教訓をあたえたかったのなら……もう、よくわかりましたから」

ふたたび、エンジン・スターターをまわしてみる。

「いずれ、あなたの力がさらに拡大したら、信者たちに姿を見せてください。思うに、マガラ人には触れることのできるほど身近な神が必要です」

操縦レバーを前方に押すと、機首が下を向き、マシンはどんどん速度をあげて下降した。もう一度スターターをいじると、ようやくエンジンが回転しはじめる。クサウンドクセはほっとして、機を上昇させた。

「スリル満点でしたね、キド」と、上級神官。「ときどき、あなたを神と敬うのがつらくなりますよ」

装置類を調整しながら、頭をかたむけて耳をすませる。規則的でなめらかなエンジン音が聞こえた。不具合の原因がなんだったにせよ、解決したらしい。

「グロウの子供のこと、お忘れではないといいですが」と、つづける。「あの子の病気が治らないと大変なことになる。どうか神罰をとりのぞいてください。あなたにならできます。死なせないでください。あの子はいずれ莫大な遺産を相続します。それは、あなたにとってもおおいに意味があるはず」

雲の向こうから恒星が顔をのぞかせた。クサウンドクセは光に眩惑されないよう、両目の上に乳白色の保護膜をかぶせる。

「お望みなら、子供をあなたの有力な従者にしてみせます」

　マシンは箱形の家が数十軒も建ちならぶ居住地の上を滑空していく。数軒はまだ雪におおわれていたが、すでに解けて恒星の暖かい光を浴びている家もあった。それでも、家々の前はまだ寒すぎて、どこにも生命体の気配は見られない。住民は家のなかで寒さに硬直しているのだ。そうとう気温があがってから、ようやく動きだすのだろう。

「この寒さをだれか、計略によって乗りこえた者がいる」クサウンドクセは考えを声に出した。「あなたに接近しているのです。すぐ近くにいる。対策しないと」

　マシンは山脈をふたつ飛びこえ、地平線までびっしりと木々が生い茂る土地にやってきた。湖がたくさんある。氷が張っているが、すでに割れはじめている個所も多い。

　北の方角に、巨大な円錐形の山がひとつそびえていた。このあたりにはほかに山がないため、なんだか異物体のように見える。キド・フタル・ダランはそこをめざしてマシンを進めた。山は高さ五百メートルほど。

　クサウンドクセは不思議な気持ちで自問する。いったいだれが、森を抜けて湖をこえ、あの山の近くまで進もうなどと考えたのだろう。これほどの原生林は……かれにはそう見える……最新技術の助けがなければ踏破できまい。つまり、その〝だれか〟も自分と同じような飛行物体を持っているのか？　とてつもない距離を徒歩で進んだというのはまず考えられない。ここは開拓されてない野生の地だ。トカゲ生物がこのなかに迷いこめば、たとえ温暖な真夏でも、はかりしれないリスクをおかすことになる。しかし、ここにはたしかにだれかがいるのだ。キドがはっきりそう知らせてきたのだから。

キド・フタル・ダランは目を閉じて、自分に警告を伝えてきた白昼夢の映像を思い起こそうとする。だが、うまくいかない。もう映像の詳細もおぼえていなかった。

「それでも、きっと冒瀆者《ぼうとく》を見つけだしてみせる。逃がさんぞ」

数分後、犬に似た毛皮生物四十四が牽引する橇《そり》を発見。全長八メートル、幅は三メートルほどで、球形の上部構造物があり、そこから煙が薄くたなびいている。暖房器具の排気筒だ。冒瀆者はそれで寒さをしのいでいるということ。近くに、厚い毛皮でおおわれた姿がふたつ見えた。そのゴーグルに恒星光がきらめき、こちらを見あげているのがわかる。クサウンドクセは二名の上空、二百メートルほどのところを飛びすぎたが、そこからまたぐるりと旋回してもどり、急降下した。高度をさげすぎて、マシンのスキッドが木々の梢をこすりそうになる。

未知者二名は橇の近くにうずくまり、大砲をいじっていたと思うと、いきなり発砲した。榴弾が雨あられと向かってきて、いくつかはマシン主翼の金属外被を穿《うが》った。クサウンドクセはいきりたち、マシンを急上昇させて逃げだす。二名はこんどはかれに銃を向けてきた。

大きく不格好な姿だ。絶対にテマ・タハルの一族ではない。覆面をつけていても、長い頸とからだを支える尻尾が見てとれる。現在、テマ・タハルの住民で尻尾のある者はいない。子供が卵から孵化すると、すぐに切除してしまうから。

「野蛮なやつらだ」キド・フタル・ダランは軽蔑したようにいうと、あらためて橇に近づいた。またも榴弾が浴びせられる。かれは冒瀆者二名のすぐそばを飛びながら、一レバーを操作した。足もとでなにかが発射される音がする。それを聞いたのち、ゆっくりマシンを上昇させ、大きなカーブを描いた。自分の反撃がどういう結果をもたらしたか見るためだ。火球がふたつ、氷の上に生じている。

爆発地点から飛び去って見てみたところ、自分のほうが相手よりうまく狙ったことがわかった。二個の爆弾は冒瀆者二名と数匹の動物を亡《な》き者にし、生きのこった動物を森に逃げこませていた。爆発の圧力で橇の暖房室は破壊され、あたりに装備が飛び散っている。

「やりました、キド。あなたも満足してくださるといいですが」

クサウンドクセは橇から五十メートルほどはなれた場所に乗り物を着陸させ、降機して死者を調べてみた。頸の部分の鱗が赤く、耳介《じかい》はごくちいさい。いずれも、この二名がずっと南のほうからきたことをしめすものだ。こういう特徴を持つトカゲ生物は北にはいない。

次に、二名の装備をチェックする。考えられるかぎり、あらゆる事態にそなえていたことが判明。つまり、この領域に侵入すればどういう危険があるか、正確に知っていたわけだ。武器を使って戦うことになるのも計算ずみだっただろう。かれらのほうが運がなかったということ。クサウンドクセは自分を祝福した。こちらを攻撃できる時間がわずかだったため、かれらはたった二発しか榴弾を命中させられなかったのだ。あとの十二発は橇の近くに散乱している。

「かれら、あなたがここにいることをどうやって知ったのでしょう、キド？」そういって、山のほうに目をやる。「あなたが洩らしたのですか？　暖かな南の地から数千キロメートルの距離をこえてここまでくるよう、かれらをうながした？　よりによって、こんな季節に？　あるいは、わたしをためそうとしたのですか？　おのれの命があやうくなってもあなたのために戦う覚悟があるかどうか、たしかめようと？」

かれは大砲を破壊した。のこった榴弾はぜんぶ集め、安全な距離を確保したところで点火する。ひょっとして何者かがここへやってきて、武器を見つけ、キドに向けるようなことがあってはならないから。

「マガラの支配者はあなたです。永遠に」

飛翔機へともどる。調べたところ、問題なくスタートできるとわかった。ボディと主翼に受けた傷はたいしたことがない。

乗りこもうとしたとき、犬に似た例の動物が一匹、森から出て近づいてきた。クサウンドクセは機内に入ったものの、キャノピーは閉めずにおく。この動物がきたことに、なにか意味があると感じたのだ。背中に傷を負い、血を流している。

機から五メートルほどはなれたところで、動物は雪のなかに横たわり、じっとクサウンドクセを見つめた。かれはいらだって、大声を出した。

「なにがしたいんだ？　早く行け」

「聞くのだ」ようやく聞きとれる声で動物がいう。

キド・フタル・ダランは驚いてかたまった。空耳にちがいない。動物がしゃべるなんて、考えられないから。マガラで言葉を使えるのはトカゲ生物だけだ。

「聞くのだ」動物がくりかえした。

クサウンドクセはキドが住む山に目をやり、

「よくわからないが……」と、うめく。「あなたがなにか伝えたいのですね、キド」

「そのとおり」

「話してください。全身を耳にして聞きます」

「彼女がここにやってくる。わたしと異なっていながら、わたしと同じ者が。彼女からわたしを守ってくれ」

それだけいうと、動物は震えながら起きあがり、頭をあげる。やがてくずおれ、ことされた。

「あなたを守ります、キド。信じてください」

上級神官は約束すると、マシンから降り、雪のなかに身を投げだす。

白昼夢のかたちでキドからメッセージを受けたことは、これまでに何度もある。だが、直接こうして話しかけられたのははじめてだ。キドが奇蹟を起こしたということ。こちらが理解できる言葉を動物に話させ、なにかを伝えてきた。

そんなことができるのは神だけだ。

3

イルミナ・コチストワは《アスクレピオス》のメタフォーミング用ラボに入っていった。ヴィールス船は光速の数倍で、ソンブレロ銀河の〝手前〟にある小銀河に向かっている。ほかの多くのヴィーロ宙航士と同様、メタバイオ変換能力者もまた宇宙の奇蹟をひと目見たいと思い、エスタルトゥをめざしていた。

使い終えたスキャナーのところへ行き、くっついたままの皮膚検体を剝がす。この装置があれば、あらゆる生物の状態を調べ、組織を透視することができるのだ。ほんの数時間前、彼女は重病をわずらう未知宙航士の救難信号を受けとり、《アスクレピオス》の特殊装置を使って治療したのだった。

その患者からすでに数光年はなれたいま、イルミナはほかのヴィーロ宙航士たちに思いを馳せた。一週間前、NGC4594すなわちグルエルフィン銀河の近傍で、かれらの通信を傍受したのだ。それによると、カピンのもとを訪ねるつもりらしい。彼女はとっさに、自分もそうしようと決めた。ちょっとより道して、そのあとエレンディラ銀河に向かえばいい。

　スキャナーの洗浄を終えた。それから突然、はっと身を起こし、

「どうしたの？」と、船に訊いた。エネルプシ・エンジンの作動音が変化している。

「小銀河に到達しました」ヴィールス船が答えた。「コース上に一星系が存在します。惑星がいくつかあり、ひとつはおそらく酸素惑星です」

「なるほど。見せてちょうだい、時間ならあるし」

　ヴィールス船はモニターに星系の映像をうつしだした。だが、イルミナはあまり興味が湧かない。映像にちらりと目をやっただけだ。そのとき、ブルーに輝く一惑星に気づいた。

「よろしい。あそこに飛びましょう。見るべきものがあるかも」

　半時間後、ヴィールス船は惑星の大気圏に入った。映像を見ると、さまざまな集落がある。ほぼ例外なく温暖な赤道付近に集中しているが、ほとんどはみすぼらしい村ばかりで、なんのおもしろみもない。高度文明が発達していると思われるのは北部だ。雪におおわれた高地に、ひどく汚れた一領域があるのが目を引いた。広大な土地が煤と灰で黒く染まっていて、その南には鉄道のレールが見える。鉄道は汚れた領域とトンネルでつながっており、南方にある集落へとつづいていた。汚れた領域は工業地帯で、それが汚染の原因をつくっているにちがいない。イルミナはそう判断し、ここに着陸すること

にした。

＊

クサウンドクセはテマ・タハルにもどり、ようやくおちついた。大変なことになったと思いながら、町の上にひろがる大屋根の上に着陸。マシンを二名の機械工にまかせ、地下施設に運ばせると、自身はエアロックに向かう。じゃまな毛皮をやっと脱ぐことができて、ほっとした。リフトキャビンに乗りこみ、自身の帝国がある陰鬱な町へとおりていく。

車を呼ぶこともできたが、徒歩で神殿まで行くことにした。

奇蹟が起きたことを告知するのだ。キドが直接わたしに話しかけるという奇蹟が起きたと、全住民に知らしめなければ。

大屋根が町全体をおおっているため、工場施設に追加の防護処置は必要なく、機械類は無蓋《むがい》の場所に設置されている。だから、種々の工場がどういう状態になっているか、だれでも見ることができた。機械を操作する者たちがいる一方、多くの男女は床で眠っている。住みかのない労働者たちだ。低賃金のため、食べていくのが精いっぱいで、家にまで気がまわらないのである。

キド・フタル・ダランは立ったまま、マシンの作動音も気にならないように眠っている者たちを見おろし、考えた。

かれらを追いださないと。このみじめな姿をほかの者が見たら、モチベーションがさがってしまう。

しかしそのとき、べつの考えが浮かんだ。この労働者たちに、より多くの賃金を支払うのはどうだ？　そうすれば住むところも見つかるし、もっとまともな服を着て、いいものが食べられる。かれらに多くあたえれば、そのぶん金は消えるわけだが、けっして消滅するのではない。労働者がなにかを買えば、金は結局もとの場所にもどってくるのだ。

なんとすばらしいアイデアだろう。かれらの賃金をあげれば、わたしの稼ぎはすくなくなるどころか、逆に増えることになる。衣食住すべてにおいて儲けがあがるのだから。だが、かれらはそんなことを知らない。給料がアップすると聞いたら、わたしの善行に感謝してひざまずき、よりいっそう仕事にはげむようになるはず。

かれは急いで神殿にもどり、同僚の従業員を数名呼びよせて、このアイデアを披露した。全員がこれに納得すると、自分が所有する工場では労働者の賃金をあげろという指示を出す。これにより、製品価格が高くなって競争力は落ちるだろうが、そこは甘んじて受けるつもりだ。

このあいだに婦人科医が約束を守ったことがわかり、クサウンドクセは満足した。相手が全財産をさしだしたのだ。

運転手に声をかけ、ふたたびグロウ＝タルの屋敷に向かう。丘の上の屋敷に上級神官が足を踏み入れたとたん、

「奇蹟が起きた！」と、工場主が叫んだ。「きてください、早く。その目で見てもらいたい」

かれはクサウンドクセの手をつかみ、揺りかごへと文字どおり引きずっていくと、満面の笑みを浮かべて布団をめくった。

「感謝します。あなたがキドに伝えてくれたのですな。キドはわれわれの息子を治してくれた。腫瘍が消えたのです」

クサウンドクセの背中を冷たいものがはしった。キドがこれほど明確なサインを送ってきたのははじめてだ。とはいえ、自分がこれまで特定の者を治してくれと嘆願したことは、一度もなかったのだが。

「わたしがキドと長く親密な話をしたから」と、嘘をつく。「うれしいことに、主はわたしのたのみを聞いてくださった」

「こちらへ！」と、グロウ＝タル。「食事にしましょう。ちょうど南からのごちそうがとどいたところです。飛翔機でとりよせたのですよ」

工場主は近くの部屋に客を案内した。豪華なシャンデリアの下に大きな丸テーブルが

あり、さまざまな種類のえりぬきの料理がならんでいる。クサウンドクセはひと目見ただけで、口のなかに唾《つば》が湧くのがわかった。

「腹が裂けるまで飲み食いしようではありませんか」と、グロウ＝タルは哄笑《こうしょう》する。

「奇蹟が起きたのだから、祝宴を開かなくては」

かれらは着席し、食事をはじめた。給仕四名がサービスする。

一時間ほどたったころ、グロウ＝タルの従業員が一名やってきて報告した。

「屋敷の前に労働者たちが押しよせています」

「またか？」工場主は不機嫌に、「こんどはいったいなんだ？」

「空腹を訴えています。もう働く力も出ないと」

グロウ＝タルは上級神官をちらりと見ると、すまなそうに両手をあげて、

「申しわけない」と、いった。「ささやかな食事が、あつかましい連中のせいでじゃまされてしまいそうです。できれば全員を雪のなかに追いたてたいところですが、そうはいかない。労働力不足ですからな。多くの者が病気になったり早死にしたりして、本来やるべきことがかたづかなくなっている。荷物の積みおろしにも時間がかかる。おまけに、かれらはハゲタカのごとく盗むのです。この食事も消えてしまわないよう、武装した者に見張らせなければならなかった。あのみじめな連中にごちそうの味など、だれもわかりはしないのに」

クサウンドクセはむずかしい立場に立たされた。いちじるしいコスト増加が迫っていると、グロウ＝タルにそれとなく伝えなくてはならないのだが。なかでも鉄道輸送費用が高くなることを。だが一方では、自分の経済力をあまり明るみに出したくなかった。かれはキドに仕える上級神官で、実業家ではないのだ。

じつはキド・フタル・ダランは、表に出ない巧妙なやり口とごまかしによって、鉄道会社に莫大な資本を確保していた。そういうわけで、テマ・タハル唯一の輸送手段に関して決定的な影響力を持つのだ。窪地の工場で製造される品はすべて鉄道で輸送されるのだから。とはいえ、鉄道会社に関わっていることを、グロウ＝タルのような男にかんたんに知られるわけにはいかない。大きな物議をかもす話なので。クサウンドクセは数年かけて、多方面に関連する財を築きあげていた。そのことを知られたくない。自分が本当はどれほどの力を持つかなど、だれも知らなくていい話だ。この財源を使ったならどんな敵も望みどおりに排除できるといえば、充分わかるだろう。

「労働者たちのところへ行こう」かれは提案した。「もっと賃金をはらうと約束するのだ」

これはグロウ＝タルには衝撃だったようだ。当惑しながら上級神官を見ている。

クサウンドクセは自分の考えを冷静に説明した。給料があがれば、結果的にだれにとっても利益になると語り、

「かれらがここテマ・タハル以外で金を使うことはありえない」と、締めくくる。「つまり、結局われわれのふところが豊かになるわけだ」

扉の前が騒がしい。グロウ＝タルは不安げにそちらへ目をやり、召使いになにか命令しようとした。だが、できなかった。口を開くより先に扉が開き、ぼろをまとって痩せた労働者たちがなだれこんできたのだ。煤がこびりついたからだは衰弱し、立っているのがやっとに見える。飢えた目でテーブルに突進すると、工場主が抗議の叫びをあげるのもかまわず、食べ物を引ったくってむさぼりはじめた。グロウ＝タルは群衆から逃れ、席を立ってわきによけていたクサウンドクセのもとへ行くと、「わが邸宅に押しかけて、「これほど恥知らずなやつらははじめてです」と、あえぐ。

こんな狼藉《ろうぜき》を働くとは。強盗だ。きびしく罰してやる」

「わたしにまかせてくれ」キド・フタル・ダランはいった。

ごちそうをたいらげると、労働者たちはおとなしくなった。ひとりがグロウ＝タルと上級神官のところにやってくる。手の甲で口もとをぬぐいつつ、

「あんたがふだん食べているものを一度われわれも食ってみたかったんだ、グロウ＝タル」

「おまえたちはわが家の権威を傷つけ、わたしの客人を愚弄《ぐろう》した。この罪は重いぞ」工場主は応じる。

「もっとやるぜ」と、労働者。「われわれの賃金をあげないなら、あんたの工場をぶっ壊してやる」

クサウンドクセは相手をなだめるように両手をあげ、

「そのことなら、すでに数時間前に決まったのだ」と、いいはった。「わたしがグロウ＝タルを説得して、おまえたちの給料をあげさせる。それが全員にとっていいことだから」

「本当に、上級神官？」労働者は驚いて膝をつく。「われわれのために、あなたがそんなことを？」

「そのとおりだ」グロウ＝タルが表情ひとつ変えずにいった。「だから、おまえたちがここに押しかける必要もなかった」

「約束しても守らないんじゃないか」と、べつの労働者が心配そうに割りこむ。「われわれを屋敷から追いだしたいだけだろう」

「おまえたちの昇給はわたしが保証しよう」キド・フタル・ダランは確言した。「だれもが充分な食糧を買えるだけの賃金をもらえるようになる。みじめな暮らしはもう終わりだ」

「そんなことがありえるので？」またべつの、目がひとつしかない労働者が訊く。

「キドがそうしてくださる」グロウ＝タルが答えた。「わが子の病も治してくれた。キドは奇蹟を起こすのだ」

「すべてキドのおかげだぞ」上級神官は強調した。「主はおまえたちを見捨てない。キドに感謝せよ！」

クサウンドクセが主を讃《たた》える説法をはじめると、労働者たちはひざまずいてこぶしを握り、耳をかたむける。キドに刃向かう者は病によって滅ぼされる……上級神官はそう告げ、はばかることなく労働者たちを脅した。

この脅しがはったりではないと、かれらもまたわかっていた。みな、キド・フタル・ダランを恐れている。かれに逆らったためにキドからひどい病気にされた者のことを、よくおぼえているから。そういう者はたいていの場合、ひどい困窮状態や絶望感から上級神官と対立するのだが、それはクサウンドクセにとってどうでもいいこと。抵抗は許さないのだ。

クサウンドクセがどれほどの力を持つかは、グロウ＝タルも知っている。一度ごちそうしたくらいでは見返りがたりないだろう。いずれキド・フタル・ダランはもっと多くを要求してくる。それには応じざるをえまい。

そのとき扉が開き、グロウが両手で下腹部を押さえてよろめきながら入ってきた。

「どうした？」グロウ＝タルは驚き、小声で訊いた。上級神官の説法をじゃましてはまずいと考えたのだ。

「こんどは……わたし」妻がつかえながら告げる。「わたしの番よ！　キドが死の呪いをかけてきたわ。息子を救うかわりに、わたしを破滅させようというのね」

グロウは憎悪をこめてキド・フタル・ダランをにらんだ。自分が恐ろしい病にかかったのはかれのせいだと思って。

グロウ＝タルは頭にこぶしを押しあててうめき、

「悪魔め」と、怒りに駆られてつぶやいた。「キドはわれわれを引きずりまわし、おもしろがっている。地獄にのまれるがいい」

「キドが憎いわ。かれは神じゃない。悪魔よ！」と、グロウがつけくわえる。

グロウ＝タルは上級神官に跳びかかり、素手で頸を絞めようとした。その瞬間、耳を聾する轟音が響きわたると同時に、巨人の手で持ちあげられ揺すられたかのごとく、家じゅうが震動した。屋敷の夫婦も労働者たちも悲鳴をあげて跳びあがり、上級神官は助けを請うように両手をのばして天を仰ぐ。家の屋根になにか重いものがばらばら落ちてきて、窓から明るい光がさしこんできた。

そして、いきなり寒くなった。

「大屋根が！」労働者のひとりが叫んだ。「大屋根が崩壊した！」

キド・フタル・ダランはじゃまな労働者を数名わきに押しやり、窓辺に駆けよって当惑しながら外を見る。

「まさか？」と、グロウ＝タル。大屋根が崩壊したらどうなるのか。いまはまだ冬で、気温は氷点に近い。テマ・タハルに寒気が押しよせれば、生命活動は停止する。寒さのなか、労働者たちは動けなくなるだろう。硬直して一種の冬眠状態になり、暖かい季節がくるまでそのままだ。工場の製造が何日もとまってしまうとなれば、経済的損失ははかりしれない。

かれは上級神官のもとへ駆けより、同じく窓の外を見た。

「なにかが、空から降ってきた……」クサウンドクセは口ごもり、「自分で見てみろ。あれが大屋根を突き破り、きみの家に落ちてきたのだ」

グロウ＝タルは思わず両手で目をこすった。信じられないものが見える。大屋根を突きぬけてきたのは、巨大な円錐だった。高さ三十メートル、底面の直径もやはり三十メートルほど。鈍い銀色で、ひとつの金属塊から切りだされたごとく継ぎ目がない。尖ったほうを下にして地面に立っているが、銀色に輝く金属の〝脚〟三本が支えになっているので、引っくり返ることはなかった。

「いったいこれは、なんなので？」グロウ＝タルが震える声で訊いた。

「わからないが」と、上級神官。「大屋根の上に着陸しようとしたのではないか。しかし、大屋根が支えきれずに壊れてしまい、これがここに落ちてきたわけだ」

かれは上をさししめした。大屋根に大きな穴があいている。そこから刺すような冷気がおりてくるだけでなく、雪解け水が川のごとく大量に流れ落ちていた。

「大屋根の上に……着陸？」グロウ＝タルはつかえながら、「気はたしかか？　これは飛翔機ではありませんぞ。こんなものが空を飛べるはずはない」

「しかし、どこかからきたのはたしかだ。なんにせよ車輪はついていないし、あの三本脚で移動するとも思えないが」

屋敷の周囲では労働者数十名が寒さの影響で硬直し、動けなくなって地面に横たわっていた。数名はのろのろと屋敷から遠ざかっていくが、やはり途中で硬直し、麻痺してしまう。それを見ていたクサウンドクセも、窓からくる冷気を感じて恐れおののき、部屋のまんなかにもどった。

「出ていくのだ！」と、労働者たちにどなる。「急いで家に帰り、毛布でもなんでもいい、もぐりこんで暖をとれ。早くしろ、走れ。手遅れになるぞ！」

かれらはしたがい、走って出ていった。部屋にいるのは上級神官とグロウ＝タルの夫婦と召使いだけになる。

「毛皮を着こみなさい。急いで」と、クサウンドクセはかれらに、「身を守らなければ。召使いたちは暖炉に火をおこし、家じゅうを暖めるのだ。われわれ、動けるようにしておかないと」

グロウ＝タルはこの騒ぎで、クサウンドクセを殺そうとしていたことも忘れた。妻の手をとり、部屋を出ていく。

町にはサイレンが鳴りひびき、大惨事警報が発令された。救命隊が丘に向かう一方、大屋根の穴をふさぐ任務を帯びた専門家の特殊部隊が編成される。グロウ＝タルは思った。町全体に冷気がひろがる前に修理が終わるといいのだが。

この数年、テマ・タハルは大屋根のおかげで有利な立場にあったが、寒さにおおいつくされればすべて水の泡だ。その責任はなにもかも、大屋根に墜落したあの奇妙な金属円錐にある。

あんなもの、爆破してしまえばいい。そう考えたが、同時に不可能だとわかる。そんなことをすれば、丘の上の屋敷も吹っ飛んでしまうから。

グロウ＝タルは妻とともに私室へ行き、召使いの手を借りて毛皮を着こんだ。町に住むほかの金持ちや有力者たちと同じく、もともと非常事態にそなえて用意してある。だが、大屋根ができてからは、一年通してそうした事態が起きることはなかった。毛皮をはおると、たちまち暖かくなる。

「クサウンドクセさまがおたずねです、ご主人」召使いのひとりがいった。「自分用の毛皮はあるかと」

一瞬、グロウ＝タルは迷った。これは上級神官を排除する絶好のチャンスではないか？　寒冷硬直にやられてしまえば、キド・フタル・ダランは二度と抵抗できまい。

だがそのとき、ある考えがよぎった。いまこそ自分にはあの男が必要なのだ、これまで以上に。かれは労働者たちに影響力を持っている。テマ・タハルを救えといって、かれらをけしかけるだろう。つまりは金の問題だから。

クサウンドクセが金銭欲と権力欲の持ち主であることは知っている。労せずして手に入る多額の財源を使い、あちこちに出資しているにちがいない。

「毛皮を持っていってやれ」と、かれは召使いに命令した。

それから上級神官と食事をしていた部屋にもどり、窓ごしに金属円錐を見やる。クサウンドクセが入ってくる音が聞こえたので、訊いてみた。

「あれはどういう目的のものでしょう？　製造された物体のようだが」

「外に行ってくる」グロウ＝タルの言葉を聞いていなかったように、キド・フタル・ダランが告げた。数枚の毛皮を重ね着し、ゴーグルで顔を保護している。

「そうですな。近くで観察したほうがよくわかるかもしれない」と、工場主も答えた。

しばらくして、そのとおりだと判明した。近くで見ると、円錐を支える〝脚〟一本の上方と下方にひとつずつ、ドアのようなものがある。

「思ったとおり、製造されたものだ」と、グロウ＝タル。

「しかし、マガラの製品ではない」上級神官が応じる。「このような金属が存在するなら、われわれが知っているはず。これほどの高度技術の産物は、ここにはない。マガラ人が製造したのではないとなると、結論はひとつ。この金属円錐は宇宙空間からきたのだ。つまり、明らかに宇宙船ということ」

町の方向から、詰め物をした防寒服を着こんだ武装隊が百名ほどやってきた。そのうしろには倍ほどの数の特殊部隊が、さまざまな道具を持ってつづいている。大屋根の修理を担当する面々だ。

「わたしには想像できんが、もしあれが本当に宇宙船なら、いつかふたたびスタートするはず」グロウ＝タルは心配そうに頭上の穴をさししめし、「そうしたら、また大屋根が壊される。なにもかも、もっとひどいことになりますぞ」

「スタートはさせない」と、キド・フタル・ダラン。「われわれで阻止しよう。この物体はここにとどめおく。分解してよく調べ、同じようなマシンをつくるのだ。そうすれば、われわれ、この銀河でもっとも力ある存在になれる。キドが助けてくださるだろう。そうだ、きっとそうなるにちがいない」

武装隊の一将校が、ふたりのもとへやってきて報告した。

「包囲が完了しました。大砲を五門、正体不明の物体に向けて設置ずみです。われらが総司令官は、砲弾を発射してこれを破壊する所存であります」

「総司令官は大ばかだ」と、クサウンドクセ。「本人を呼んでこい」

グロウ＝タルは毛皮の下でひそかにほくそえんだ。上級神官が呼んだところで、総司令官は無視するにきまっている。ところが、そうではなかった。二分もしないうちに、マスクで顔をすっぽりおおった者があらわれたのだ。一瞬、顔が見えたので、だれだかわかった。

「お呼びですかな、クサウンドクセ？」と、総司令官。

「あの物体を破壊してはならない」キド・フタル・ダランはふたつのドアをさしめした。「あれが出入口だと思われる。内側からしか開かないのは明らかだ。あそこに爆弾をセットして吹き飛ばせ」

4

　ヴィールス船が大屋根を突き破ったとき、イルミナ・コチストワの全身に衝撃がはしった。強固な地面だと思ったのだが、まちがいだったらしい。そう気づいたときはすでに手遅れだった。だがヴィールス船は電光石火の反応を見せ、どこも損傷することなく、大屋根の下の地面に軟着陸した。

「避けられたミスだったのに」彼女は憤懣《ふんまん》やるかたない。

「反論はできません」船が答える。

「この着陸で住民たちの反感を買ったのはたしかね」

「その意見に全面的に賛成します」

　イルミナは船がうつしだしたホログラム画面に目をやった。硬直して地面に横たわっているトカゲのような生物が見える。最初はヴィールス船の到来で死者が出たかと覚悟したが、詰め物の入った防寒服や毛皮をまとった者たちもいるのを見て、真相がわかった。かれらは変温生物で、寒冷硬直状態にあるのだ。おわびのしるしにエネルギー・フィールドで屋根の穴をふさごうかと思ったが、そんなことをすれば修理作業の妨げになるかもしれない。トカゲ生物がこちらの善意を完全に誤解することもありうる。エネルギー・フィールドを展開する前に、せめてひとつふたつ釈明しなくては。

武装隊がこちらにやってくるのを見て、船にパラトロン・バリアを張ることにした。それから下極エアロックを開き、トカゲ生物の前に姿をあらわす。大屋根におおわれた窪地を見わたしたところ、驚くほど広大な領域だ。いたるところで煤塵が舞い、屋外で火が黒煙を出しながら燃えていた。工場施設の騒音が神経をさいなむ。この町の住民は一年じゅう気温の変化に悩まされずにすむかわり、多大な犠牲をはらっているわけだ。

マスクで顔をおおった者が数名、こちらに武器を向けて発砲してきた。パラトロン・バリアに閃光がはしるが、それ以上の影響はない。

トランスレーターがトカゲ生物の言語を蓄積しているものの、まだ使用可能にならない。かれらの言語が複雑すぎるのか、あるいはポジトロニクスがそれを音声化するのに手間どっているのか。イルミナは両手をあげ、平和的意図をしめそうとした。一トカゲ生物がはげしい動きをして、マスクの部隊がまた発砲する。そこで突然、トランスレーターのライトがグリーンに点灯した。

「このような損傷を引き起こしてしまい、申しわけなく思っています」と、釈明をはじめた。「わたしはイルミナ・コチストワ。平和目的でここにきました。あれが地面でなく屋根だとは知らなかったのです」

トカゲ生物の武器をひと目見て、かれらの技術が発展途上にあるとわかった。まだここには高度技術は存在しないようだ。

宇宙船がどうやって飛ぶのかも理解できないわね、と、考える。これがマシンであって超自然現象でないことは、せめてわかってくれるといいのだけれど。

トカゲ生物の一名が反撥フィールドに近づき、驚いて立ちつくす。目に見えないのに手ごたえがあるからだ。探るように両手をのばしてから、こういった。

「わたしはキド・フタル・ダランの称号を持つクサウンドクセ。マガラで最大かつ最有力の都市、テマ・タハルの上級神官だ。あなたがどうやってここにきたかは知らないが、歓迎する。大屋根の損傷はじきに修理できるだろう。この代物が大屋根を突き破ったことで、われわれ同様、あなたも驚いたにちがいない」

クサウンドクセはすこしのあいだ、ゴーグルをはずした。こぶし大の目があらわになる。生気のない目はテラのサメみたいだ。イルミナはまるで威嚇《いかく》されているように感じた。

「われわれにとり、寒さは大問題なのだ」と、上級神官がつづける。「冷気に耐えられない。ゆえに、できるだけ早く大屋根をふさぐ必要がある。それが終われば、あなたとこの訪問をそれなりに評価する時間もできるだろう。それまで失礼することをお許しいただきたい」

「あの大屋根だったらすぐに修理できるけれど」と、イルミナ。

べつのトカゲ生物が上級神官の隣りにやってきた。グロウ＝タルだと自己紹介し、

「本当に可能なら、いますぐやってもらいたい。それをあなたの友情の証《あか》しとみなすことができるので」

「わかったわ」そうイルミナがいったとたん、ヴィールス船は大屋根の穴をおおうエネルギー性の反撥フィールドを展開。これでもう、水も冷気もおりてこなくなる。マガラ人たちは驚きの叫び声をあげ、見るからに興奮しながら大屋根を指さした。エネルギー・バリアの上で雪解け水がせきとめられているのが見えたから。

キド・フタル・ダランはこれっぽっちも感銘を受けていない顔をして、船から遠ざかる。どうやらこの処置が気にいらないらしいと、イルミナは思った。ふたたびこのトカゲ生物に対し、さっきにもまして威嚇的な印象をおぼえる。

「あとで話し合いをしましょう」そういって、エアロックを閉めた。

＊

この瞬間、クサウンドクセは宇宙船のほうに向きなおった。ゴーグルをはずす。その目は怒りと破壊欲に燃え、ぎらぎら輝いていた。

「神殿にもどらなければ」と、グロウ＝タルと総司令官に告げる。「どうにかして大屋根を修理するのだ。あんな異人にたよるわけにはいかん。またいつ大屋根が破れるか、わかったものではない。そうしたら寒さが押しよせ、われわれは麻痺してしまうぞ」

大股で急ぎ去る。心臓がはげしく鼓動していた。

あの異人と対峙して、とてつもないショックを受けたのだ。

キドと同じ感覚が伝わってきたから！

クサウンドクセはキドの言葉を思いだした。

〝彼女がここにやってくる。わたしと異なっていながら、わたしと同じ者が。彼女からわたしを守ってくれ〟

キドがいっていたのは、円錐船から出てきた異人のことにちがいない。

あの異人は女だ。神殿に向かいながら、上級神官はそう考えた。キドは彼女の存在におびえている。ひょっとして、彼女はキドと戦うためにやってきたのか？

自分にも危険が迫っているのだと気づき、クサウンドクセは驚愕した。もし〝主〟がいなくなれば、おのれの力も失われる。だれのことも病で殺せなくなる。そうなると、自分にのこるのは経済的手段だけだが、それで充分だとは思えない。あまりに敵が多すぎるのだ。キドがいなくなり、もう恐れる必要もないということを敵に知られてしまえば、経済力すら助けにはなるまい。

うるのか？

キドは定命《じょうみょう》なのだろうか、と、かれは自問した。そもそも、神が死ぬことなどありうるのか？

キドが神であることはまちがいない。奇蹟を起こせるのは神だけだ。

クサウンドクセは神殿に駆けこみ、神官たちを呼び集めた。だが、かれらと協議する前に、まず自室に行く。そこで一種のトランス状態に入った。これによりキドの存在を、まるで手で触れているかのようにはっきりと感じられる。キドの声が聞こえたように思った。

〈彼女からわたしを守ってくれ〉

〈なぜ、戦わないのです？〉と、キド・フタル・ダラン。〈彼女に病をあたえて殺せばいいではありませんか。これまで多くの者にそうしたように〉

長いあいだ返事は聞こえなかったが、とうとう、無力感のようなものを受けとった。明らかにキドは、病によって異人を殺すことができないのだ。

クサウンドクセは立ちあがり、神官たちのもとへ行った。女の異人がマシンでやってきたことを報告する。彼女がキドの不倶戴天の敵だということも。

「なんとしても、われらの手で亡き者にしなくては」と、報告を締めくくった。「これまでのところ、異人がどこからきたか、マシンがどういう類《たぐ》いのものであるか、いずれもわからない。だが、そんなことはどうでもいい。彼女を殺せとキドが命じたのだ。われらはそれを遂行するのみ」

神官たちは、命令を遂行すると約束した。おのおの、できるかぎりのことをすると誓いを立てる。

クサウンドクセは確信していた。キドの不安は数時間後には消えるだろう。

＊

グロウは恐ろしいほどにふくれあがった下腹部をなでた。強い痛みもあり、はてしない不安にさいなまれる。余命わずかだということはたしかだ。

クサウンドクセは自分を見殺しにした。もうキドの救いは期待できない。

彼女は銀色に輝く円錐船を見つめ、考えこんだ。

異人のマシンは、マガラで製造されたどんな機械もかなわない無限の可能性を持っている。もしかしたら、あの異人にはキドよりも力があるのではないか？

テマ・タハルはふたたび暖かくなっていた。目に見えないものが大屋根の穴をふさいでから、もう冷気はおりてこない。屋敷をはるかに凌駕《りょうが》してそびえる奇妙な円錐船をひと目見ようと、たくさんの野次馬が押しよせているが、だれも近づこうとはしない。兵士たちは、ふだんは召使いの宿舎にしている近くのちいさな建物に引っこんでいた。

わたしに失うものはない、と、グロウは思った。異人に助けてもらえなければ、一日か二日で死んでしまうのだ。そんな状況で、どうしてクサウンドクセのことを気にする必要があろうか？　かれはわたしを裏切ったというのに。

グロウは脇扉から屋敷を出ると、藪にかくれて立ったまま、円錐船に目をやった。どうしたらこちらに気づいてもらえるだろう。おずおずと右手をあげ、奇妙な円錐に向かって合図してみる。さまざまな種類の投光照明によって明るく照らされているので、だれにも見られずに近づくことはできなさそうだ。

そのとき突然、軽く引っ張られるような感覚をおぼえて、グロウはおののいた。一瞬、足もとの地面が消えて浮きあがったように感じる。びっくりして跳びすさり、家の扉まで逃げもどると、そこに立ちつくして考えた。

そういうことか。

異人がサインを送ってきたのだ。見えないなにかで触れることで、こちらの存在に気づいていると知らせてきたのだろう。

グロウはあらためて手をあげ、合図した。彼女もほかの者たち同様、テマ・タハルに心地よい暖かさがもどったあと、とっくに毛皮は脱いでいる。その姿で横を向き、ふくらんだ下腹部を両手でゆっくりなでた。自分が病気で助けをもとめていることに、異人が気づいてくれるといいのだが。

ふたたび、目に見えないなにかが触れてきた。こんどはからだが地面から数センチメートル浮きあがる。軽くなり、重力がなくなったような感じだ。それでも、もう不安はおぼえない。心地よい幸福感に満たされる。

心を決めて、鈍い銀色に輝く円錐船へと向かった。そこに着くと、ひそかに予期していたとおりのことが起きる。下方のドアが開き、船内につづく道があらわれたのだ。

「やめろ、グロウ！」よく知った声がうしろから響いた。

夫が引きとめようとしている。だが、彼女はその声が聞こえないふりをした。

そのまま進み、開いた扉を抜けて円錐のなかへ入っていく。音もなく扉が閉まった。

グロウは鼓動が速くなるのを感じた。まったく異質な世界にいる。なにより目についたのは、清潔さだ。ここには塵粒ひとつも落ちていない。

異人が近づいてきた。明らかにグロウよりもちいさい。

「きてくれてうれしいわ」と、イルミナ・コチストワがいう。「わたしは女よ。あなたと同じ」

「あなたのことを信じています」グロウは答えた。「もしかしたら、あなたなら救ってくれるのではないかと思ってここにきました。キドがわたしに病をあたえたのです。かれには助けは期待できません。まして、キド・フタル・ダランには」

メタバイオ変換能力者は女マガラ人のふくらんだ下腹部を見て、腫瘍に冒されているのだとすぐにわかった。

「キドとはだれかしら?」と、慎重に訊いてみる。

「悪魔です」と、グロウ。「この惑星の支配者で、クサウンドクセはその神官。住民の多くは病気になりました。キドがそう望んだから」

イルミナはグロウを、メタフォーミング用ラボとスキャナーがある中間デッキに案内した。このラボは彼女の能力に合わせて特別にしつらえたもの。すべての装置は精神命令による操作が可能で、必要な医学処置に合わせて調整できる。スキャナーも同様だ。機械そのものが持つ技術手段にくわえ、彼女の超能力を補助的に使って機能強化することができる。スキャナーにはアウトドアでの作業に適した装備も付属しているので、ヴィールス船の外にいても手術が可能である。

このスキャナーを使って、まずはグロウを検査してみた。最初の診断どおり、女マガラ人は悪性腫瘍に罹患《りかん》している。非常に進行が速く、広範囲に転移していた。

「助かりますか?」グロウが不安げに訊いた。

「もとどおり健康になるわ、まちがいなく」と、イルミナは保証した。

メタバイオ変換能力を投入して細胞分裂プロセスをとめ、くわえてスキャナーも使う。そうやって一時間ほど治療をほどこすうちに、腫瘍がだんだん縮小してきた。グロウは苦痛から解放されるのを感じて、イルミナを全面的に信頼するにいたった。

すごい人だわ、と、心から感嘆する。彼女はおそらく、キドとクサウンドクセを合わせたよりも力ある存在にちがいない。上級神官との対決にも協力してもらえないだろうか？　かれに仕返ししたい。グロウ＝タルとわたしだけでは立ち向かえなくても、彼女の助けがあればできるんじゃないか？

しばらくしてイルミナが椅子に背をあずけ、ほほえみながらうなずくと、グロウは安堵の息をついた。

「もう大丈夫よ」と、イルミナ。「もしよければ、クサウンドクセとキドのこと、すこし教えてもらえないかしら」

グロウは彼女がそういうのを期待していたのだ。待ってましたとばかりに、早口でまくしたてる。それでイルミナは、テマ・タハルの住民の七割以上が病気や奇形になっていることを知った。突然変異が原因と思われるが、論理的な説明はつかない。グロウは〝マガラ〟という言葉を何度も口にした。どう考えてもこれは惑星の名前のみならず、なにかキドが発する力のことをさしているようだ。この力のせいで突然変異が起きるらしい。

「その力はどこからくるの？」と、イルミナは訊いた。

グロウが大きな目で物問いたげに見る。イルミナはなだめるようにほほえんで、

「キドはどこにいるの？　あるいは、キドがどこにかくれているか知らない？　マガラの力がどこか特定の方向からくると感じたことはなかった？」

グロウは鱗におおわれたトカゲの手をイルミナの腕に置いて答えた。

「あなたがなにを訊きたいか、わかりました。といっても、わたしにいえるのは、クサウンドクセがときどき飛翔機で出かけることだけです。北のほうへ。ここよりずっと寒いというのに」

「つまり、キド・フタル・ダランがキドに会いに北へ行っていると思うのね？」

「ええ、そうです」グロウは興奮している。「息子の具合が悪くなり、助けてくださいと上級神官にたのんだとき、かれはキドと話すといって北へ向かいました。もどってくると、息子は回復しましたが、かわりにわたしが病を得たのです」

イルミナは立ちあがった。

「しばらくあなたひとりになるけど、わたしは近くにいるわ。ドアは開けておくから、いつでも呼んで。でも、心配しなくていいのよ。あなたはこれからどんどんよくなる。悪いことはもう起きないわ」

マガラ人は感謝の笑みを浮かべ、

「心配していません。あなたを信じています。あなたは善で、キドは悪です」

テラナーはラボを出て、べつのキャビンに入った。

「この地にプシオン放射みたいなものが存在するかどうか、確認する必要がある」と、ヴィールス船に告げる。「突然変異や病的な細胞変換の原因が、なにかあるにちがいないわ」
「放射線値は危機的な高さではありません」船が応答した。イルミナのほうはプシオン探知機を調整する。自身も精神集中してパラプシ感覚を研《と》ぎすませるが、プシオン放射をとらえることはできない。ところが、探知機のスイッチを入れたとたん、北からくる明確なシグナルを感知した。思っていたとおりだ。

キドは北の方向にいる。そこがプシオン放射の発信源ということ。

「見つけたわ」と、勝利感にひたる。「キドがなんであれ、ここに存在している」キドの発するパラプシ性インパルスが、マガラ人の遺伝的疾患と悪性腫瘍の原因だ。しかも、どうやらキドはクサウンドクセを仲介して特定の者に放射を向けることができるらしい。つまり、この放射は上級神官にとり、致死性の武器ということ。イルミナは奈落をのぞきこんだ気がして慄然とした。グロウのいうとおり、キドは悪魔で、クサウンドクセはその手下だったのだ。なんとしても二名の悪行をやめさせなければ。

彼女はグロウのところにもどり、こういった。
「教えてちょうだい。こうした病気や奇形が見られるのはテマ・タハルだけなの、それともほかの部族の都市でも発生しているの？」
「ほかの部族のニュースを聞く機会はすくないのですが、病気や奇形のことはいつも話題にのぼります。どんどんひどくなっていて、以前はほんの一部にしか病がひろがっていなかったけれど、いまは健康な者はほとんどいません」

それを聞いてイルミナは衝撃を受けた。プシオン放射の発信源をどうにかしようと決意する。

「キドの力を打ち破ってくれますか？」グロウはふたたびイルミナの腕をつかみ、「ぜひやってください。あなたならできる。わたしたちを助けて。手遅れになる前に」

「考えてみましょう」

イルミナは治療をつづけた。女マガラ人が健康をとりもどすのに二日かかったが、そのあいだ、グロウはテマ・タハルと惑星の現状をテラナーにあれこれと語った。マガラの社会状況を聞いたイルミナは驚愕し、憤慨した。ひと握りの金持ちが、恥知らずにも大勢の貧者を搾取している。どうやら、工業化のはじまりは多数のみじめな住民をもたらしただけらしい。マガラの学者たちが展開した多岐にわたる経済理論について、グロウは非常によく知っており、驚くほどの教養の持ち主であることをしめした。それでも、夫とその経営方針に影響をあたえることはできていない。

この二日間、クサウンドクセとグロウ＝タルが交替で何度もやってきては、グロウを返せと声高《こわだか》に呼びかけてきた。イルミナは反応せず、姿もあらわさない。完全に健康をとりもどすまでは船にとどまることをグロウが望んだから。

気がつけば、数十名の作業員が大屋根の修理を終えていた。穴がしだいにちいさくなっていくあいだも、イルミナは気をとられなかった。グロウの治療に専念するだけでなく、船の装備とスキャナーを使ってプシオン放射の発信源を特定しようとしていたからだ。成果は得られなかったが。それでも、容体がよくなるにつれてグロウのネガティヴな感覚振動が弱まっていくことを発見。悪性腫瘍が消えてすっかり回復したと確信できたときには、ネガティヴ感覚振動も完全になくなった。

「このネガティヴ感覚振動は、キドとなにか関係があるらしい」というのが、メタバイオ変換能力者の研究結果だった。「おそらくフィードバックが生じて、悪循環が生まれているのね。ネガティヴな感覚振動がキドのプシオン放射を励起し、その放射がこんどはネガティヴ感覚振動を引き起こすといった具合に。マガラ人が自分でこの悪循環から抜けだすことはできないから、わたしが介入しなくては」

イルミナがグロウのもとへ行くと、彼女はヴィールス船の外のようすをうつすホログラム・モニター画面を見ておののいていた。クサウンドクセとグロウ＝タルと数名の兵士が、丘の屋敷の前ではげしく議論している。

「もう外に出られるわよ」イルミナが告げる。「それとも、夫が恐い？」

「わたし、罰を受けさせられます。もしかしたら殺されるかもしれない」

「かれがそんなことをする理由はないわ。回復した妻を見てよろこぶはずよ」イルミナは、自分がグロウにほどこしたもうひとつの治療について考えた。あまり腕のよくない婦人科医がやった処置を修復したのだ。これでグロウはどこから見ても健康体になった。

「わたしは夫の命令にそむいてあなたのところへきました」と、グロウ。「この国では、夫には不服従の妻を殺す権利があるのです」

「わたしが守ってあげる」テラナーは約束し、グロウをエアロックまで連れていってハッチを開けた。男たちがすぐに気づき、こちらにやってくる。グロウ＝タルは一瞬、ためらいを見せた。

「この人がわたしを治してくれたの。また健康になったわ」グロウが声を張りあげる。

グロウ＝タルは急いで近づき、妻を抱きしめた。イルミナが守ってやる必要もなかったわけだ。工場主から数歩はなれたところに、上級神官が立っている。その目にはむきだしの憎悪が燃えていた。

5

イルミナ・コチストワはセラン防護服を着用し、ヴィールス船をあとにした。屋根を修理する作業員たちのほうへ浮遊していく。男たちは飛んでくるテラナーを見てあっけにとられ、手に持った道具を落としてしまう者もいた。イルミナはかれらに手を振ると、ヴィールス船が反撥フィールドにつくりだした構造亀裂を抜けて、テマ・タハルをはなれた。

北へ向かうことにする。どう考えても、キドはそこにかくれているにちがいない。地上のようすが細かいところまで見えるよう、高度百メートルほどを飛翔していった。暖かな恒星光が雪や氷を解かし、そこかしこで生命が目ざめている。春が冬に力いっぱい抵抗しているのだ。この惑星を代表する生物はトカゲ種族らしいと、イルミナは確認した。さまざまな種類と大きさのトカゲたちが、いたるところで地面の穴から這いだしてきている。

半時間ほど北をめざして飛ぶと、巨大な円錐形の山が見えてきた。ひろい平原にただひとつ、突出している。この山からプシオン放射が発せられているのを、セランの装置が探知。

自分が正しいシュプールを追っていると明らかになったのは、キド・フタル・ダランが目立つ行動に出たからだった。突然、飛翔機に乗ったクサウンドクセが襲いかかってきたのだ。エンジンをとめ、ほとんど無音で近づいてくる。最後の瞬間になって、セランがイルミナに警告した。

「注意!」と、セランのポジトロニクス。「何者かが原始的武器で攻撃してきます。それでどうにかできると思っているのでしょう」

イルミナは振り向き、飛翔機を見つけた。たしかにちゃちな代物で、そもそも飛べるのが不思議なくらいである。地球で最初に製造された飛行機がこういう見た目だったはず。主翼は布張りだ。その主翼の下でなにかが光り、弾丸がはなたれた。操縦レバーの奥にクサウンドクセがすわっている。だが、こんなことをしても意味はない。弾はセランの防御バリアに当たって消滅した。

上級神官はエンジンを始動し、機を上昇させた。マシンはがたがた音をたてながらイルミナから遠ざかる。機の下面から球体がふたつ落下してきて、数メートルはなれたところで爆発。テラナーはわきに吹っ飛ばされた。

飛翔機はまた上昇していき、さらなる攻撃のため、大きなカーブを描いてもどってくる。ふたたびクサウンドクセはイルミナに向けて発砲。爆弾二発を落とした。

「いいかげんにしなさい」メタバイオ変換能力者は腹をたてた。「そんなやり方ではわたしを殺せない。そろそろわかったらどうなの」

加速し、飛翔機との距離をたもちつつ、あとを追った。クサウンドクセはきょろきょろしているが、見つかりはしない。イルミナが飛翔機の後方舵に触れたとき、ようやくかれは驚いて振り向いた。ぶあつい毛皮とゴーグルで寒さ対策をすると、透明キャノピーを開き、こんどは小型ピストルを手にして狙いをつけてくる。

テラナーは機体の後部を支えにしてからだを持ちあげた。武器には目もくれない。どっちみち、弾が防御バリアを貫通することはないから。

上級神官は怒り狂って叫び声をあげ、イルミナを振り落とそうとして危険な機動をはじめた。それでも、セランに身をつつんだ彼女のほうがあらゆる点で有利だ。ついにイルミナはクサウンドクセのもとへ浮遊していき、肩の下をつかんでキャビンから引っ張りだす。ふたりして飛翔機からはなれると、トカゲ生物はパニックになってめちゃくちゃに暴《あば》れまわった。飛翔機は無人のまま二百メートルほど飛んだが、そのあと横向きになり、降下していく。とうとう墜落し、爆発した。

イルミナはクサウンドクセとともに地面から百メートルほどの場所を浮遊しながら、「ここからあなたを落としてもいいのよ」と、いった。「この高さから墜落したら、まず助からないわね」

「いやだ、いやだ、やめてくれ」上級神官がわめく。「そんな殺人行為はきみらしくない」

「殺人行為ですって？　わたしを殺そうとしたこと忘れたの？　ここから落とされたとしても、それはあなたにとって当然の罰よ」

「おお、キドよ、助けてください」トカゲ生物は嘆願した。

イルミナにこの男を殺すつもりはなかったが、罰をあたえずにすませることもしたくない。かれを連れたまま下降していき、地上におりると、こういった。

「では、あなたが自分で決めなさい。キドのところへ行ってもいい。お客として迎えてくれるでしょう。あるいは、テマ・タハルに帰ってもいい。二、三週間もすれば着くはずよ」

「なんと残忍で極悪な女だ」と、クサウンドクセ。「わたしがテマ・タハルまで帰りつけないことはよく知っているだろう。寒さで死んでしまう。でなければ、野生動物に食い殺されるか。身を守れる武器もないし」

「マシンの残骸のなかを探してみれば？　爆弾が見つかるかも」

イルミナは相手の泣き言を聞きもせず、セランで上昇すると、例の山をめざして飛翔する。クサウンドクセはまだしばらくのあいだ、大声でわめいていた。置き去りにするなとか助けてくれとか、最初は懇願していたが、やがて罵詈雑言《ばりぞうごん》をならべたてる。キドの神罰によって考えられるかぎりのおぞましい病にかかるがいい、と。

しばらくしてイルミナが振り返ると、かれはあきらめたように踵《きびす》を返し、南に向かって歩きはじめていた。だれも助けてくれないなら、早く動きだしたほうが身のためだとわかったのだろう。

彼女のほうは山に到達した。低い高度で周回してみたところ、西の山腹に、麓《ふもと》から頂上まではしる大きな亀裂を発見。その亀裂のなかに、難破した棒状宇宙船が一隻見えた。船体は三つに破断されてしまっている。

これがプシオン放射の発信源だ。

イルミナは安堵の息をついた。これほど早く探し物が見つかるとは思っていなかったから。

「すこし先が見えてきたようね」と、ひとりごちる。「あの難破船のなかに、墜落を生きのびた生命体がいるにちがいないわ。もしかしたら、気づいてもらおうとしてプシオン放射を発したのかもしれない。つまり、救難信号にほかならなかった。それがなにを引き起こすかなんて、予想もしていなかったんじゃないかしら」

ゆっくりと難破船に近づいていく。船の外殻には、盛りあがった部分や突起や刻み目が無数にあった。その機能はかんたんにはわかりそうもない。船尾のかなりの部分に高熱で溶けた跡がある……外からの命中ビームによるものか、あるいは内部が制御不能にいたり、致命的な温度上昇に見舞われたのか。

　このスクラップのなかに、本当に生存者がいるのだろうか？

「プシオン放射の発信源は人工の装置かしら」テラナーは考えこむ。

「あらゆる可能性が考えられます」と、セランのポジトロニクス。「この銀河の物体について、われわれが知っていることはほとんどありません」

　イルミナはエアロックを発見したものの、ふと説明のつかない気おくれを感じ、躊躇《ちゅうちょ》した。このエアロックを開いたとたん、状況は変わる。自分の手に負えなくなるような展開がスタートしてしまうかもしれない。

「やるのよ」と、おのれを駆りたてる。「どうにかして悪循環を断ち切らないといけないんだから」

　エアロック・ハッチはなんなく開いた。ハッチがスライドしたとたん、ゼリーのようにぶよぶよした巨大な塊りが出現し、イルミナは驚いて跳びのく。その塊りにとって、明らかにエアロック室はせますぎたらしい。外へ押しでてくると、直径ほぼ二メートルの泡のようになった。有機物質でできた泡のなかで無数の粒子がさかんに動き、さまざまな色の液体が脈動しながらあちこちへ流れている。それと同時に、プシオン放射がいっそうはっきり伝わってきた。

セランの温度計によれば、有機泡の温度は十度ほどで、この山の気温と同じくらいだ。とはいえ、いまは影のなかにある。あと一時間もすれば恒星光が当たって暖まるだろう。

そうなっていいのだろうか、と、ミュータントは自問した。この泡は一種の冬眠状態にあると考えられる。からだの一部が急激に暖められたら死んでしまうかもしれない。

彼女はセランの装置を使って牽引フィールドをくりだし、有機泡をエアロック室に押しもどすと、ハッチをふたたび閉めた。これでキドの居場所はわかったが、そもそもキドがだれなのか、あるいはなんなのか、まだ判明していない。ただの有機塊なのか？

絶対にちがう！

セラン姿のイルミナはそれ以上その場にとどまらず、テマ・タハルにもどることにした。道中、ある山脈に近づいたところで、クサウンドクセを発見。苦労しながら岩や氷を抜けて山を登っている。かれはテラナーに気づくと、こぶしを振りあげて威嚇した。のみならず、首を切るジェスチャーをし、捕まえたら殺すという意志をあからさまにしめす。

イルミナは笑い声をあげた。

「おろかでまぬけな男ね」と、かれの数メートル上を飛びすぎながら、「なんにも理解できていない。頭を切り替えなさい。もうじき、キドにはたよれなくなるわよ」

「地獄に落ちろ。キドがおまえを滅ぼす！」トカゲ生物は怒りでわれを忘れている。

見ると、高さ百メートルほどもある急勾配の氷壁を登っているところだ。非常に難儀な道行きになるにちがいない。イルミナは氷壁に目をやり、

「また下に落としてもらいたいの？」と、脅す。「この壁をもう一度登るはめになったら、さぞ大変でしょうね」

上級神官は地面に身を投げて大きな岩にしがみつき、あえぎながら答えた。

「ほっといてくれ。さっさと消えろ。だが、おぼえているがいい。テマ・タハルにもどったなら、おまえの命は保証しないぞ」

イルミナは笑みを浮かべて、

「どうしてそれほど救いようがないの」と、首を振った。「分別をとりもどすかと期待したけど、本当にまったくわかっていないのね」

それ以上かまわず、先に進む。上級神官の前にはもうひとつ、雪と氷でおおわれた障壁が立ちはだかっていた。これを登ってこえれば、あとはなだらかな下りの土地になり、速く前進することができるが、そこまで数日かかるかもしれない。イルミナは一瞬、クサウンドクセをつかんで壁をこえさせてやろうかと思った。だが、やはりほうっておくのがいいだろう。

半時間後、テマ・タハルに到着。大屋根の修理が終わり、穴はふさがっていた。イルミナは作業員たちのところへ行くと、呼びかけてこういった。

「悪いけど、すぐに宇宙船をスタートさせなくちゃならないの。船がないと、あなたたちを救うことができないのよ」

「そしたら、修理したところがまたぜんぶ壊れてしまう」と、一作業員。

「そう。だからいったでしょ、悪いけどって」彼女は男たちのそばを通りすぎ、「さ、はなれてちょうだい。けがするといけないから」

事態を察した作業員たちは、急いで大屋根からおりていった。作業長らしき男が引きとめようとするが、だれも聞く耳を持たない。

イルミナはヴィールス船の上部エアロックからなかに入り、船に指示した。

「スタートして。わたしがどこに行っていたか、わかるわね。そこまで飛ぶのよ」

ヴィールス船はとくにコメントせず、エンジンを作動する。銀色に輝く円錐体はすぐにテマ・タハルを飛び去った。大屋根にふたたび巨大な穴があき、また冷気と大量の雪解け水が降りそそぐ。それでもこんどは、穴をふさいでくれるエネルギー反撥フィールドはなかった。

メタバイオ変換能力者はセランを脱ぐと、メタフォーミング用ラボに急いで向かい、いくつか前準備をおこなう。例の難破船から百メートルほどはなれた場所にヴィールス船が着陸したときには、すべて準備は終わっていた。スキャナーのアウトドア装備……通称〝アウド〟を使ってキドを診断するつもりなのだ。これがあれば、識別不能なまでに変異してしまった生物を正確に調べることができる。

まずは、彼女のパラ感受力がしめした結果が実証され、難破船の生物が実際にプシオン放射の発信源であることが判明した。円錐状にひろがる放射はもっぱら南に向けて発せられている。

キドは自分と同じような能力を持つらしい……すなわち、メタバイオ変換能力者ということ。しかし、その能力は変異していた。かれはマガラ人のネガティヴな感覚振動に反応するのだ。このネガティヴ感覚振動がキドのなかで病的な細胞変換をつくりだすことを、イルミナは数時間の調査で突きとめた。キドは同時にまた、プシオン放射を使ってその細胞増殖作用をマガラ人に伝送することで、かれらの突然変異を引き起こしている。

これで、いままで推測にすぎなかったことが確信に変わった。男も女も子供たちもどんどん病に冒されるという、この惑星を襲う恐ろしい出来ごとの原因が判明したのだ。

とはいえ、あっさり原因をとりのぞくわけにはいかない。

キドを殺したくはないから。

かれについてなにを知っているというのか？　基本的にわかっているのは、難破船のなかにいること、プシオン放射を発信していること、ネガティヴ感覚振動に反応することと……そして、かれ自身も異常な細胞増殖に苦しんでいること。そのせいで、外見が判別不能なまでに変性してしまっている。

キドは病原体生物なのだ！

変異した能力のせいで、自身が病気の原因となっている。

調査をつづけたところ、キドは深層睡眠状態にあるとわかった。かれの行動は無意識のものなのか？　あるいは、かれを深層睡眠からさめさせずにコンタクトする方法があるのだろうか？

「ひとつだけあるわ」と、イルミナはひとりごちた。キド・フタル・ダランが見つけた方法だ。あの男はキドと一種のメンタル・コンタクトをとることができる。自分が滅ぼしたい特定の者にプシオン放射を向けるよう、キドをそそのかしているのだ。

そのキドを、マガラ人たちは神だと思っている！

イルミナはうめいた。キドは神なんかじゃない、マガラで難船者となった一生物だ。キドは神なんかじゃない、マガラで難船者となった一生物だ。その後、おのれを制御できなくなってしまい、超能力でこの惑星を悲惨な状況におとしいれている。

キドを起こすのはまずいだろう。プシオン放射がさらに強まり、細胞増殖の症状がいよいよ深刻化するかもしれない。

イルミナはアウド・スキャナーを使ってやれるところまでやると決め、数日間におよぶ作業にとりかかった。このあいだにクサウンドクセがテマ・タハルに到着し、自分に対する陰謀を画策しはじめるにちがいない。軍隊を投入してキドの山まで攻めこんでくる可能性も考えなくてはなるまい。ただ、ヴィールス船のなかにいれば絶対に安全だ。この惑星の武器では船の防御バリアは突破できない。というわけで、集中して作業に専念できるだろう。

スキャナーの表示を見ると、プシオン性の活動が強まっているのがわかった。キドの状態は不安定で、いまにも深層睡眠から目ざめそうな感じだ。

なるほど、そういうことか。

キド・フタル・ダランがあらゆる手を使ってキドを駆りたてているのだ。最強の同盟者を揺さぶり起こし、敵と戦わせようとしている。実際イルミナは、プシオン波の前線が何度か押しよせてくるのを感じた。それでも、かんたんに防御できる。キドは病原体生物ではあるが、あまりにメタバイオ変換能力者と似た存在なので、イルミナを傷つけることはできない。制御不能な細胞増殖が起きないよう、彼女の下意識が見張っているからだ。

彼女はヴィールス船との安全距離をたもちつつ、アウド・スキャナーで異生物の細胞を仔細《しさい》に調べていった。健康な細胞幹がひとつでも見つかることを期待して。このやり方は時間がかかるし、極度の集中を要求される作業ではあるが、自分の超能力だけを使うより速く進められる。

四日めに成果があった。期待どおり、病原性変異がまったく見られない細胞群を発見したのだ。病的な細胞組織の奥深くに埋めこまれており、壊れる寸前だった。もし壊れていたら、もう救いようがなく、キドを殺す以外に方法はなかっただろう。かれは怪物となり、その存在じたいが惑星の全有機生物を汚染することになるのだから。マガラ人は数カ月で絶滅してしまったかもしれない。

イルミナはメタバイオ変換能力を使ってこの健康な細胞群を分割し、励起して成長・強化させ、病的組織に立ちむかえるようにした。その後、レーザービームで難破船の外被を切り開く。キドのからだの大部分があふれでてきた。病巣に冒された部分を、彼女は分子破壊ビームで一層ずつ排除していく。さらに次の部分が押しでてくると、健康な組織をゆっくり慎重に手探りした。ついにその組織だけをエネルギー・フィールドで特定し、牽引フィールドを使ってとりだすことに成功。それをヴィールス船内に持ちこみ、難破船は中身もろとも完全に破壊する。これで、クサウンドクセが讃美したキドはもう存在しない。

だが、ほんもののキドは生きている。

まだ細胞群のかたちではあるが、そこにはキドに関する全情報がおさめられている。これをメタバイオ変換能力者はさらに励起させつづけた。

ふたたび数日が経過。そしてついに、細胞群から一生物が誕生した。身長一メートルほどで、ストーカーの〝進行役〟だったスコルシュに驚くほど似ている。骨張った頭部、吊りあがった両目とその上にななめに突きでたふくらみ、V字形の口、くちばしのように突出した鼻づら、先の尖った顎……

腕も脚も細く、華奢《きやしや》なからだつきをしている。肌は、そこだけスコルシュとちがってグレイだ。尾も、そのなごりのようなものもなく、性別をしめす器官は見あたらない。

イルミナは船に命じて、キドのためにグレイのコンビネーションをつくらせた。かれがラボのやわらかいカーペットに寝ているあいだ、話しかけてみる。キドは彼女をじっと見つめ、その動きを追っていた。

すぐに、彼女の言葉をいくつかくりかえしはじめた。めざましい理解力を持つらしい。だが、いまもとの姿にもどってはいても、キドの中身は以前とまったく同じではなかった。豊富な単語をおぼえて使えるようになり、イルミナとの会話が可能になったとたん、過去をすべて忘れていることが発覚したのだ。自分がどこからきたかもわからない。細胞が入れ替わったということは、事実上、生まれなおしたも同然。かれの知識は新生児並みだった。意識下のどこかには種族に関する記憶がのこっているはずだが、イルミナはそれに触れるつもりはなかった。変異したプシ能力をふたたび呼びさますことになってはまずい。いま、それはまったく感じられないのだから。キドはメタバイオ変換能力を失っている。いいことだ。これでもう、ほかの生命体にネガティヴな影響をあたえるともないだろう。

すべてうまくいったと思えた……それでも、なぜか彼女はおちつかなかった。その思いを振りはらうことはできない。この救出作戦に、ヴィールス船が一枚嚙んでいるという疑いをぬぐえないのだ。船が介入して、変異をもとにもどすプロセスに影響をあたえたのではないだろうか。

ヴィールス船がひそかに、わたしに道連れを斡旋《あっせん》しようとしたのかもしれない……ひとりで宇宙を旅させるのは忍びないという、それだけの理由で。

キドの姿をストーカーの進行役スコルシュと同じようにしたのも、ヴィールス船の意図なのかしら？

いまのところ、答えは出そうもない。キドとスコルシュの類似が偶然なのかどうかも、自分がヴィールス船にこっそり操られていたのかどうかも。

あるいは、キド自身が影響をあたえたのか？

かれにはなにか秘密があると感じる。どうやってマガラへきたのか？　なぜここに墜落したのか？　なにが原因で細胞変換がはじまったのか？　永遠の戦士となにか関係があるのか？

いつか、もっと多くのことがわかるといいのだけれど。イルミナはそう願うしかなかった。

6

テマ・タハルに着いたクサウンドクセは疲労困憊《こんぱい》し、着ているものはぼろぼろだった。急いで神殿へと向かう。ところが、島につづく橋のたもとまで行ったところでとめられた。労働者たちが大勢、集まっている。バウ・ボウもいた。

「神官がきたぞ！」男たちのだれかが叫ぶ。女たちからは笑い声があがった。集まりが割れ、グロウ＝タルがクサウンドクセに近づいてきて、

「ここになんの用です？」と、訊いた。

「通してくれ。神殿に行かなければ」と、上級神官。

「あいにくですが」グロウ＝タルはそう答え、「留守のあいだ、神殿のなかを見せてもらいました」

キド・フタル・ダランは驚愕した。

「神聖なるキドのおわす場所を汚したというのか？」

グロウ＝タルはあざけるように笑い、

「もっとはっきりいうと、クサウンドクセ、われわれは神殿をあちこち調べて大量の貴金属や現金や有価証券を見つけたんです。あなたが自分の地位を悪用して財を蓄え、金にものをいわせていた証拠をつかんだということ」

「われわれを搾取していたわけだ。こんな男、惑星じゅうを探してもいない」バウ・ボウがいきりたつ。「こっちが飢えに苦しんでいるあいだ、あんたはひたすら私腹を肥やしていたんだな。地獄に落ちるがいい」

「わたしに刃向かうつもりか？」上級神官は叫んだ。「そんなことをしたら、キドの恐ろしい神罰がくだるぞ！」

「それはないわ」どこからか、高い声が聞こえた。グロウだ。腕に息子を抱いて、夫のうしろから歩みよってくる。「キドはもういない。銀色の円錐に乗ってやってきた女神がそういった。彼女がキドを葬ったのよ。彼女はわれわれから悪いものをとりのぞき、解放してくれた。いまからは、彼女がわれわれの女神。自分は女神ではないと彼女はいうけれど、わたしはそんなこと信じない。生きているかぎり、彼女を敬いつづけるわ」

「まわりを見てみろ」バウ・ボウが上級神官にいった。「奇蹟が起きたぞ。われわれの多くは健康をとりもどした。腫瘍が消え、キドの力は打ち砕かれたんだ」

「あなたの力もな」と、グロウ＝タルがつけくわえる。「とっとと失せるがいい！」

そういうと、相手の襟もとをつかんで引きまわし、尻を力いっぱい蹴りあげた。クサウンドクセは数メートルほど飛ばされ、道路上のごみのなかに落ちる。そこへ数名の男女が跳びかかり、かれを持ちあげると、殴ったり蹴ったりしながらリフトキャビンのある場所まで追いたてていった。

キド・フタル・ダランは悲鳴をあげてののしりつつ、キャビンのなかへ逃げこむ。リフトキャビンが上昇していくあいだも、群衆はありとあらゆるものを投げつけてきた。かれはじっとがまんするしかなかった。

わかっている。自分は敗北し、なにもかも失ってしまった。主とのコンタクトは奪われ、もうキドから伝わってくる感覚もない。財産は没収され、教団は解散となり、いまや身につけているもの以外になにもない。

恥と屈辱にまみれた男は自己憐憫《れんびん》の思いでいっぱいだった。嘆きつつ、リフトキャビンを降りて大屋根に向かう。いつもなら手を貸して飛翔機に乗せてくれる男たちは、軽蔑の言葉を投げかけてこちらを見つめるだけだ。それにも黙って耐えた。

とぼとぼ歩いて南をめざす。自分を知る者がだれもいないところに行くのだ。

＊

「キド、どこに行ったの？」休憩を終えたイルミナ・コチストワは呼びかけた。それからヴィールス船に向かって、「かれがどこにいるか、知らない？」

「子供部屋です」と、船が答える。

聞きまちがえたかと思い、確認した。

「子供部屋ですって？」

いまイルミナがいるのは《アスクレピオス》の最下層デッキだ。ここにはキャビンが三つある。ひとつで充分だといったのに、彼女の意向を無視してヴィールス船が勝手にあとふたつ、つくりだしたのだ。

「キドに用があるんだけど」イルミナはおちつかない。

二日前に惑星マガラを去ってから、船はとくに急ぐこともなく進み、いまはエレンディラ銀河の周縁部に到達している。イルミナはヴィーロ宙航士の周波を使って通信しようと考えていた。ヴィーロ宙航士のだれかが応答してくれるだろう。

ここ数日ずっと、キドにかかりっきりだ。最初のうちはともにマガラに滞在していた。まだ解決すべき問題がいくつかあったし、なにより病人たちを助けたかったから。グロウとはふたたび連絡をとり、もっと自己主張しなさいと勇気づけたもの。そのあと、キドに専念したのだった。かれは子供と同じで、文字どおりすべてを学ぶ必要があった。そこで判明したのは、かれが語学の天才だということ。インターコスモなんて、まさに片手間に習得してしまった。あらゆるものに対してつきせぬ興味をしめし、イルミナは考えられるかぎりのテーマについて、一日じゅうキドと対話した。マガラがどんなところか見せるため、かれを連れて遠出したことも何度かある。

キドはめざましい進歩を遂げた。ものごとの関連がよく理解できないと、当惑したりいらだったりすることもあるが、イルミナがくわしく解説し、かれのために知識という名のビルを根気よく建ててやれば、かならず分別ある態度を見せる。ただ、なによりキドに欠けているのは経験だった。イルミナにできるのは、かれに理論的知識を授け、ときどきマガラの大自然を見せてやることくらいだ。情報を集めるだけならそれでいいかもしれないが、人格形成には充分とはいえない。

「あなた、キドにばかなことをするつもりじゃないでしょうね。信じてるわよ」彼女はヴィールス船にいった。

「そんなこと、できるはずがありません」船の答えだ。

そのとき、ドアがスライドして開いた。イルミナの意志に反して船がつくった二部屋のひとつだ。室内をのぞいてみると、キドが床にうずくまり、壁からあふれるグリーンの粥《かゆ》状食糧で遊んでいる。粥は床に一センチメートルほど溜まっていた……それだけでなく、キドまで全身が粥まみれだ。ぴちゃぴちゃ大きな音をたてて、手や腕をなめまくっている。

「頭がおかしくなったの?」イルミナは声を尖らせた。「いったいなんのつもり?」

「楽しいよ!」と、キド。「これ、ココアだよ。甘くておいしい」

「ココアですって？　とんでもない！」ミュータントは鼻をつまんだ。「この刺すような悪臭。船が出した代物なんだろうけど、これは断じてココアじゃありません」

「われわれがそう名づけたのです」船が説明する。「キドは気にいったようですね」

「正気の沙汰じゃないわね」イルミナはぷんぷんして、「シャワーを浴びて洗い流すようにいわないと。いいかげん、ばかな遊びはやめさせてちょうだい。わたしがなんのために日がな一日、キドの相手をしていたと思うの？　あなたがココアと呼ぶ臭いお粥のなかで泳がせるためじゃないのよ」

「成長のためには子供らしい経験も必要です」ヴィールス船はどこ吹く風といった口調だ。

イルミナは踵を返し、ラボに急いだ。腹の虫がおさまらない。それでも本当のところは、キドを数日間で新生児から成人にすることなどできないとわかっていた。知識を詰めこむだけでは不充分なのだ。それにくわえて、人格形成できるようなやり方を見つけなくてはならない。

なにも書かれていないまっさらな紙、それがキドだった。かれが学ぶべきことははてしなくある。もしかしたら、まずはなんでもいいから罪のないもので遊ばせるというのが正しいやり方なのかもしれない。だが、イルミナには時間がなかった。早晩、ほかのヴィーロ宙航士たちと連絡をとることになる。キドが問題なく同行できるよう、それだけでなく、自分が見張っていなくてもほかの仲間たちのなかでうまくふるまえるよう、教えこまなくてはならないのだ。いまのところ、まだそうなってはいない。〝ココアの海事件〟がいい証拠だ。

あるいは、と、彼女は考えた。しばらくのあいだ、キドをどこかのマガラ人たちといっしょにすごさせるべきだったかしら。そうすれば、他者との間合いを学ぶことができたかもしれない。

だが、その考えをまた押しやった。マガラ人は自分たちの問題をたくさんかかえている。そんなところでキドがまともに行動できたとは思えない。

「怒ってるの、お母さん？」と、澄んだ声が聞こえた。

イルミナは驚いて振り向いた。キドがハッチのところに立っている。グレイの肌は清潔な輝きを帯びていた。大急ぎでシャワーを浴びたにちがいない。

「わたしはあなたのお母さんじゃないわ」と、応じた。「それに、怒ってもいない」

「でも、大声でどなってたよ。あと、なぜお母さんじゃないの。ぼくを生んだのはあなただと、説明してくれたでしょう」

イルミナはスツールに腰をおろし、

「そうじゃないの」と、反論した。「わたしは健康な細胞群をとりだして、その連結鎖に影響をあたえただけよ。あなたの全情報をふくむ遺伝子がきちんとコントロールされた状態で、あらたな一生物が誕生するように」

「それがぼくだね」

「そういうこと」

「だったら、やっぱりお母さんだ。あなたのおかげでぼくは存在してるんだから」

ミュータントは勢いよく立ちあがり、おちつかなげにラボ内をいったりきたりして、

「母親というのとはすこしちがうのよ。あなたのお母さんはおそらくずっと前に亡くなったはず。いらっしゃい、もう一度説明してあげるから。わたしがどういう状況であなたを見つけ、あらたな尊厳ある存在となれるように手を貸したか、知っておいたほうがいいわ」

「わかった、お母さん。話を聞くよ」

「わたしはイルミナよ。あなたもそう呼びなさい、お母さんじゃなくて」

「やっぱり怒ってるんだね？」

イルミナは思わずうめいて、あやうくぞんざいな答えを返しそうになる。しかし、キドを非難すべきではないと、すんでのところで気づいた。こうしたことをすぐに理解しろと、もとめてはいけないのだ。

辛抱強くキドと向き合い、なぜ自分がかれの母親でないのか説明する。語るべきことはまだほかにもたくさんあるとわかっていた。数時間したらシステムを構築し、それに

沿ってキドに授業をしよう。めざすゴールに充分に速くたどりつくには、そうするしかない。これまではただ思いつくままに話をしてきたが、そのやり方はまちがっていた。よけいな時間をかけないためには、プランをたてることが必要だ。

こうして二日が過ぎた。キドは疲れを知ることなく学び、驚くべき集中力を見せ、どんなあらたな学問領域に対しても、もどかしさに急《せ》きたてられるかのようにとりくむ。イルミナはけっして急がず、根気よく授業をおこなったが、ヴィールス船が〝しつけ〟の最中に何度か割りこんできたときには、自制を失いそうになった。それがきっかけでまたキドは子供じみたふるまいをはじめ、大よろこびで遊びはじめるのだから。

NGZ四二九年五月十五日、イルミナはヴィーロ宙航士の周波で呼びかけ、セポル星系にいるレジナルド・ブルから応答を得た。ブルはイルミナに指示して自分の現ポジションへと道案内しながら、このところの出来ごとについて語り、セポル星系で行方不明になった《ラサト》を探しているのだと告げた。

「このあいだに、戦士カルマーの輜重隊《しちょう》が星系に集結した」と、ブル。「だが、どの艦船もパルサー恒星セポルには、第三惑星の周回軌道より近づくことはできない。変光星のハイパー嵐は突破不可能なバリアだ。プシカムによる意思疎通もままならず、《ラサト》がどうなったか、だれにもわからない。パルサーが次の最大フェーズに入るまで待つほかないな」

「あとどれくらい待つ予定なの？」イルミナはたずねた。

「三十日ほどか」

それから二時間後、メタバイオ変換能力者はキドを連れてブリーの《エクスプローラー》を訪れた。友と心からの挨拶をかわしたあと、〝家なき子〟を紹介する。ブルは興味津々《きようみしんしん》のようすだ。

「ぼく、まだたくさんのことを学ばないといけないんだ」と、キドは訊かれてもいないのに話した。「とてもおぼえがいいと、イルミナがいってくれたよ」

「そりゃよかった」ブリーは応じる。それからイルミナに向かって、現状の説明をはじめた。儀礼護衛船団が第二惑星ナガトの全衛星に爆弾を保管しているとわかったこと。ロナルド・テケナーの船は、この〝衛星叙階式〟を阻止しようとして、ヴォルカイルに撃墜されたこと。

「その叙階式はいつ、とりおこなわれるのかしら？　つまり、ナガトの全衛星が至福のリングに変わるのはいつかということだけど」

「残念ながら、わからない。だが、輜重隊の通信を傍受したところによると、あとは戦士カルマーの登場を待つばかりのようだ」

「ということは、カルマーその人がここにやってくるわけね？」

ブルは肩をすくめて、

「確実にあらわれるとは思えんな。残念ながら情報がすくなすぎて、なにひとつ絶対にたしかとはいえないが」

しばらくして、ロワ・ダントンとデメテルが入ってきた。ウパニシャドの上級修了者エディム・ヴァルソンは連れていない。ヴァルソンはカルマーの輜重隊員たちとコンタクトしたいと申しでて、ダントンがこれを承諾したのだ。貴重な情報を得られるかもしれないと期待して。それが数時間前の話だから、じきにもどってくるだろうという。

それから一時間ばかり、かれらはセポル星系での出来ごとだけにとらわれず、さまざまな問題について話し合った。やがて、イルミナがブルをしげしげと見ながら、

「なんだか、ようすがおかしいみたいだけど」と、いう。「なにかあったの？」

「すべて順調だよ」ブルの返事だ。

彼女は笑みを浮かべた。

「わたしの前で英雄ぶることはないのよ。どこか調子が悪いように見受けられるわ」

「例の〝決闘の手袋〟に関係があるかもしれんな」ブルはしぶしぶ認めた。「しばらくのあいだ身につけていたんだが、それ以来、どうも感覚過敏になっている」そういうと、鼻の先をつまんで、「嗅覚と味覚をやられたらしい。まったく存在しないもののにおいがするし、食事していてもおかしなことになる。ステーキが燻製ウナギの味だったら、あまり愉快なものじゃないよな」

「実際、そうだったの？」

「残念ながらね。あらゆる対処法をためしてみたが、解決していない。明らかに思いこみじゃなく、本当になにかおかしいのだ」

「ほかには？」ロワ・ダントンが訊く。

「とくにないが、ときどき吐き気がする。もう自分にはたいしたことはできないという気分になる。くしゃみや咳が出たり、たまに涙が流れたり」

「どうしてそんな症状が？」デメテルは驚いたようだ。「細胞活性装置が不調をとりのぞくと思うけれど」

「たしかにそうなんだが、活性装置もまったく役にたっていない」ブリーはみじかく刈りこんだ赤毛を両手ですいた。いつになく顔の色つやが悪いので、そばかすが目立って見える。

「本来なら細胞活性装置が反応するはず」イルミナは思案にふけりながら、「だけど、いまの体調を装置が危険でネガティヴなものとみなしていないことは考えられる。ひょっとしたら、手袋がもたらしたなにかに対して、一時的な依存状態になっているんじゃないかしら」

ブルはかぶりを振った。

「ばかな話はやめてくれ。わたしはあの手袋に依存なんかしていない。さ、話題を変え

「ようじゃないか」

「いいえ、これははっきりさせるべきよ」ミュータントはいいはる。「ロワ、あなたの〝パーミット〟を貸してくれる？　調べてみたいの」

「いいとも」ダントンは快諾した。「こうした問題はきちんと解決すべきだとわたしも思う」

立ちあがって出ていき、数分後に〝決闘の手袋〟を持ってもどってくると、イルミナに手わたす。彼女はそれを持って、キドとともに《アスクレピオス》に帰った。

「なにを調べるの？」と、キドが訊く。

「まだ明確にはわからない。ただ、漠然とした疑いを持ってるの」

「どんな？」

「この手袋、生命のない物質だけでできてはいないと思う」

「つまり、手袋を調べて生命の兆しを探すってこと？」

「そう」

「そんなふうに冷たく答えないでよ」

「わたし、冷たかった？　ごめんなさい、キド。そんなつもりはなかったのよ。手袋のことで頭がいっぱいなの。どんなふうに調査を進めようかと考えてて」

「どんなふうに進めるの？」キドがまたしつこく訊く。

イルミナは思わず笑いだした。

「徹底的に質問しないと気がすまないのね」

「それはいけないこと？」

「まったくそんなことないわ」と、まだ笑いながら、「あなたにはできるだけ早くすべてを学んでほしいと思っている。それには当然、あなたがたくさん質問して、それにわたしがぜんぶ答えられなくちゃね」

彼女はキドとともにラボに入り、手袋をスキャナーにセットした。

「見ててごらんなさい」と、説明する。「このポジトロン装置を使えば物質の分子構造がわかるの……そうしようと思えば、物質の最小単位にいたるまで。つまり、この手袋を内部まで仔細に調べられるのよ」

「わかった！」キドが叫んで目を輝かせた。「手袋のなかにどこかかくれ場がないか、見つけようとしているんだ」

「すごいわ」イルミナは褒《ほ》めた。「わたしがなにをしたいか、正確にわかったのね」

キドはしばらく黙ったまま、彼女の手の動きを興味深げに追い、スキャナーのホログラム映像が変化するのを見つめていた。ふと、イルミナの腕をつかむ。

「あそこになにかある！」と、大声を出した。

「本当だわ」彼女も確認する。

「ちいさなかくれ場だ」

「手袋の甲にあたる部分に空洞があって、そのなかに有機成分がふくまれている」

イルミナはスキャナーをその成分に合わせて調節すると、ただちに分析をはじめた。

「秘密だね！」キドは大よろこびだ。「秘密のシュプールを突きとめた。これでブリーの不調の原因もすぐにわかるね」

「それは早合点というものよ」イルミナは注意した。「ブリーがこの有機成分に反応したことはおおいに考えられるけど、まだ確定じゃないわ。まずは証拠を見つけないと」

「なんだ、そうか」キドはがっかりして、「うまくいったと思ったのに」

わくわくしながら、さらに実験を見守っている。

「酵素に似た分子集合体ね」と、イルミナは報告。「消化に関係するペプチドを彷彿《ほうふつ》させる」

「なにか特別な機能を持つもの？」キドが追求してくる。

「そう思うわ。このペプチド、対象を依存状態にさせたり、そこから解放したりする特性をいくつかしめしている」

「それをとりだすつもり？」

イルミナが答えようとしたとき、ラボのハッチが開いてエディム・ヴァルソンが入ってきた。上級修了者は目に炎を燃やしてイルミナをにらみつけ、激高していった。

「パーミットを返してもらいたい」

ロワ・ダントンがうしろからあらわれ、手袋をわたしたほうがいいと、しぐさでイルミナにしめす。もし返さなければ、ヴァルソンはそこらじゅうにあるものを粉々に打ち砕いてしまいそうな剣幕だ。かれは手袋を引ったくると、たちまち去った。

「申しわけない」と、ダントン。「かれは度を失っていた。きみがパーミットに触れることじたい、冒瀆だとみなしたようだ。わたしだけのものだと思っていたらしい。説得しようとしたのだが、できなかった」

「たいした成果は得られなかったね」キドがコメントする。しかし、イルミナとダントンはちがう考えだ。

「ブリーのところへ行きましょう。かれに報告したいことが見つかったから」と、メタバイオ変換能力者。

とはいえ、最初、その発見について報告するチャンスはなかった。《エクスプローラー》に着いてブリーのもとへ行くと、赤毛のテラナーはちょうど通信を終えたところで、こういったのだ。

「ヴォルカイルの船に乗っているハンザ・スペシャリストと話した」

「本当に？」ダントンが驚く。「向こうから連絡がきたのですか？」

「四人組のひとり、ドラン・メインスターがいうには、ヴォルカイルのようすがおかしいらしい」

「もっとくわしい話はなかった？」イルミナはたずねた。

「いや。メインスターはただ、エルファード人が輜重隊を去って自船でウルダランという惑星に行きたがっているというだけだ。そこに引きこもって医療を受け、体力の回復につとめたいらしい。隠者の惑星クロレオンに数千年も駐留していたから衰弱したのではと、ハンザ・スペシャリストは推測している」

「ヴォルカイルが輜重隊を去るなら、わたし、あとを追ってみる」イルミナがとっさにいう。「惑星ウルダランに引っこんでなにをするか、知りたいの」

「危険かもしれんぞ」と、ブリーが忠告した。

「承知のうえよ。それでも追いかけるわ」

そこで彼女は手袋の発見物について報告し、

「この有機成分があなたを依存状態にさせたんだと思う」と、締めくくった。「そのせいで、いまは禁断症状が出ているんでしょう」

「ということは、そのうち出なくなるのか？」

「まちがいないわ。じきにきっと、においもちゃんとわかるようになる。ステーキは肉の味がするようになるわよ、魚ではなくて」

7

ヴィールス船のホログラム画面フィールドに、ヴォルカイルの宇宙船がうつしだされた。《ラサト》撃墜のあと、球形セグメントは九個だけになっている。

ヴォルカイルがセポル星系をスタート。そのあとを追って、《アスクレピオス》もエレンディラ銀河の奥へと出発した。エルファード人はプシオン・ネットのあいだを縦横に縫って進んでいくが、ヴィールス船が振りきられることはない。

「どこまで行くの？」しばらくして、キドが訊いた。

「わたしの考えが正しければ、まっすぐエレンディラ銀河の中枢部までよ」イルミナは答える。

見ると、ヴォルカイルの船はさっきより速度を落としていた。銀河中枢部は星々の非常に密な宙域で、慎重な航行が要求されるから。おかげで、こちらが追跡するのは楽になった。

「あそこがかれの目的地ね」イルミナはそう断定した。ヴォルカイルが一巨大恒星にコースをとったとわかったのだ。惑星はひとつしかない。

「そんなばかな」と、キドがいった。「ぼくが教わったことをすべて考え合わせると、あの惑星に生物がいるとは思えないよ。恒星に近すぎる。灼熱地獄のはずだ」

「そのとおりよ」イルミナも同意する。「それでも、あれがヴォルカイルの目的地だと思うわ。惑星ウルダランにちがいない」

さらに惑星に近づいてみると、至福のリング十二個にとりまかれているのがわかった。

「リングの内部に監視要塞をいくつか発見しました」と、ヴィールス船が知らせてきた。「要塞は緻密な防衛網を形成しています。気づかれずに惑星に接近できるとは思えません」

「どういうこと？」と、キドが船に訊く。「ぼくら、監視要塞に見つかって撃ち殺されてしまうの？」

「確実にそうなるでしょう」船の答えだ。

キドはミュータントの腕にしがみつき、

「いやだ。死にたくない。まだ、ほとんど生まれたばかりだっていうのに」

「死にたくないのはわたしも同じよ」イルミナは応じる。「搭載艇でウルダランに着陸しましょう」

「それもすすめられません」ふたたびヴィールス船の声がした。「搭載艇を使ったところで、気づかれずに突破するのは無理でしょう」

「ほかに選択肢はないわ。ヴォルカイルがウルダランでなにをする気なのか、知りたいの。ここにはなにか特別なものがあるにちがいない。そうでなければ、かれがここまで飛んでくるはずないもの」

「ぼくもいっしょに行くの？」と、キド。

「そうしたければね」

「行く。おもしろそうだから」

「きっとそういうと思ったわ」イルミナはほほえみ、家なき子とともに搭載艇へと向かった。

「もう一度、警告させてください」そこでヴィールス船があらためて言葉を発した。

「監視要塞にまちがいなく探知されますよ」

「忘れているようね。至福のリングは要塞にかくれ場を提供するけれど、見通しをきかなくもする。たとえ向こうがこちらの艇を見つけたとしても、そのときはあとの祭りよ」

これ以上、宇宙船と議論する気はない。イルミナとキドは搭載艇に乗りこみ、エアロックからスタートした。ヴォルカイルの宇宙船を追跡するのだ。相手はとうに惑星ウルダランの大気圏にもぐりこんでいた。

「ずいぶん時間をむだにしたわ」イルミナが不平をいう。「エルファード人が見つかるといいけど」

キドはからだを前にぐっと乗りだし、魅了されたように計器類とモニター画面を見つめていた。灼熱惑星に着陸するなんて、これほどわくわくする冒険はないのだろう。

至福のリングが恒星光にきらめいて、えもいわれぬ平和な眺めだ。脅威などまるで感じられない。搭載艇はウルダランの大気圏に潜入。そのときようやく、イルミナは三つの監視要塞に目をとめた。だが、向こうがこちらに気づいたようすはない。

大急ぎで着陸しようと思い、艇を高速で降下させた。計器表示を見ると、ヴォルカイルの宇宙船が通過したシュプールがしめされている。それをたどりつつ、赤い土地の上空を飛んでいった。地面は恒星の熱で沸騰しているように見えた。亀裂や割れ目や火口が無数にあり、そこから黒や黄色の煙がもうもうとあがっている。赤く燃える巨大恒星が地平線のすぐ上にかかっており、まるで惑星ウルダランがまっすぐそこへ墜落していくように見える。

そのとき、キドが黙ったままモニター画面をさししめした。灼熱の大地のまんなかに、大きなドームがうつしだされている。イルミナの推測だと、底部の直径はすくなくとも十キロメートル、高さは一キロメートルほどか。

「ヴォルカイルはこれをめざしているのね」と、確信した。「ほら、船でエアロックを抜けて入っていった」

ドームからほんの一キロメートルはなれたところに、深い溝を掘ってある場所があった。搭載艇はそこに向かい、減速すると、溝の底に着陸する。

「これからどうするの？」と、キド。

「セランを着用して外に出るわ」イルミナは答えた。「あなたはここにのこりなさい。見張りをお願い。責任もって搭載艇を守ってね」

「でも、いざとなったらぼくにはなにもできないよ。搭載艇をスタートさせることも、敵から守ることも」

イルミナは笑みを浮かべて、

「ここには艇を襲ってくるような敵はいないわ。あのドームの外に生命体がいるとは思えない。こんな殺人的灼熱のなかで、防護服なしに生存することはできないから。それでもとにかく、あなたにのこっていてほしいの。たぶん、なんらかのかたちで役にたってくれると思うから」

イルミナはセランを着こみ、キドに別れを告げると、エアロックから浮遊して外に出た。溝の壁に沿って上昇していく。そこではじめて、ドームまでの地面がまったく平坦ではないことに気づいた。土塁のようなでこぼこが無数にある。これなら掩体《えんたい》には充分だ。

「問題は、ドームが防御バリアにかこまれているかどうかね。どうやったらなかに入れるかしら」と、ひとりつぶやく。バリアが存在する前提で考えるべきだろう。とてつもない熱からドームを保護する目的だけを考えても、不可欠なはずだ。セランの温度表示では、摂氏二百度をこえている。

こんな環境の惑星では生命体など存在しないと、彼女は確信していた。それだけに、不格好な腕のようなものが岩から突然のびてきたときには、あわてふためいた。最初は目の錯覚かと思ったが、やがて、本当に岩が動いているのだとわかる。

驚愕してわきに跳びのき……べつの岩にぶつかったとたん、こんどはそれが回転して道をふさいできた。まるで巨大な口が開いたごとく、目の前で大きな隙間が生じる。

「その手には乗らないわよ」イルミナはセランで急上昇し、岩の罠から逃れる。岩ががいにぶつかる音が聞こえたような気がした。

すると、なにか赤く輝くものを発見。溶けた液体金属が大地にあふれようとするかに見えるが、金属ではない。生き物だ。

イルミナは高くそびえる岩を掩体にとりつつ、苦労してドームに近づいていった。ついに、赤い液体がごぼごぼ沸きたっている楕円形の平面に到達。ここからドームのエアロックが見える。

メタバイオ変換能力者は驚いた。ドーム前、エアロックの下部に、花に似た構造物が数十個あるではないか。白い〝花弁〟はしおれたように地面に垂れ、花芯からはブルーの円錐体がひとつ屹立《きつりつ》している。

彼女は不安をおぼえて躊躇した。

「なんだと思う？」と、セランに問いかける。「生命体？」

「エネルギー生物です」ポジトロニクスの答えだ。

「それだけじゃ、なにもわからないわ」イルミナは不満げに応じた。

彼女の前、百メートルほどはなれた場所で地面がはじけた。無数の断片が飛び散り、不可視の防御バリアにぶつかって燃えつきる。見ると、地面からさらにもうひとつ〝花〟が押しでてきて、その場所に花弁をひろげていた。

「どうやって防御バリアを突破したものかしら」と、イルミナ。「コードがあるはずだけど。探してみて」

「すでに探してみたのですが、見つかりません」と、ポジトロニクス。

彼女はがっかりしてため息をつく。

ウルダランにやってきたのはむだだったのか？　大きなリスクをおかしたというのに、ここでみすみす防御バリアに阻《はば》まれてしまうのか？

「ヴォルカイルがなにをするつもりか、どうしても知りたいの。ドームに入る手段があるはずよ。それを見つけないと」

「失望させて申しわけありませんが、どこにもないのです」

なにか方法が見つからないかと、イルミナは必死に頭を悩ませた。だが、ポジトロニクスが降参というなら、それ以上は無理だ。セランにできないのならば、あきらめるしかない。

ドームを一周してみることにした。それでチャンスがひろがるものではないとわかっていたが。それでも、どこかに構造亀裂が見つかるかもしれないという、一縷《いちる》の望みにしがみついたのだ。

半時間後、またもとの場所に帰ってきた。なにも変化はない。望みはゼロ。搭載艇にもどってスタートするしかあるまい。

すぐ近くでまた地面がはじけて、石のかけらがいくつか空中に飛んだ。すると、白い〝花弁〟が七枚、地面から持ちあがり、同時にイルミナは電撃のようなものを受けた。あまりのショックに、しばらく左腕が麻痺してしまう。

うめきながら、痛む腕をからだに押しつけた。

「インパルスを感知しました」セランが知らせてくる。

「そんなのわかってる」イルミナは怒りにまかせて、「腕をやられたわ。だいたい、なぜこんなことに？　なんのために個体バリアがあるのよ！」

「それはまたべつの問題です」

この言葉にはっとした。

「いったいなんの話？」

「インパルスの話です」

「どんなインパルス？　いいかげん、もっと明確に報告しなさい！」興奮して声が裏返る。

「エアロックとなる構造亀裂を開くコードです」セランが説明した。「この物体が地面から出てきて、あなたが電撃を受けたさい、ポジトロン錠が反応したのです。そこから一部、情報を入手できました」

イルミナは左手を動かしてみた。肩までも痛みがはしる。

「わたしがもういっぺん電撃を受ければ、もっと情報を得られるかもしれない。そういいたいのね？」

「もうすこしうまく防御できるよう、やってみます。おそらく大丈夫でしょう」ポジトロニクスは保証した。

イルミナはすぐに覚悟を決め、掩体を出て、花に似た構造物のほうへ飛翔していった。〝花弁〟が一枚、こちらに向かってたわむ。すると、また電撃が彼女の上をはしった。ただ、こんどは最初のときよりずっと衝撃がすくなかった。セランがうまく防御できたのだろう。

「期待どおりです」ポジトロニクスが褒めた。

五ないし六枚の〝花弁〟がたわむのが見え、一連のショックがイルミナを襲う。彼女は痛みに悲鳴をあげ、ふたたび岩のかくれ場にもどるようにセランを操作しようと考えた。そのとき、セランがいきなり加速したため、ドームに近づくことになる。なにか前のほうでちらちら光ったと思うと、彼女はすでに防御バリアを突破していた。ドームのすぐそばまで飛ばされていく。

どこかにつかまろうとして、思わず両手を前にのばすが、ポジトロニクスのほうがはるかに反応が速い。ドームに衝突する前に速度が落ちていた。

「ずっと上のほうに人員用エアロックがあります」セランが報告する。

「だったら、ぐずぐずしないで！」

セランはただちに上昇。すぐにイルミナはハッチを見つけた。幅は三メートル、高さ四メートルほどだが、どう見てもいわゆる〝人員用エアロック〟とは似ても似つかない。数秒するとハッチが開き、なかに入ることができた。

長さ三十メートルばかりの通廊を大急ぎで進み、第二のハッチを見つけて開けると、下は巨大工事現場のようだった。あまりに騒然としている。イルミナは最初、そそり立つ鋼製の支柱と無数の桁《けた》組みとマシン類のほか、なにも認識できなかった。

一秒もむだにせず、すぐに下降していき、マシンのあいだにかくれ場を見つける。この処置がいかに適切だったか、すぐに明らかになった。彼女が入ってきたハッチのほうに箱形ロボット四体が飛んでいき、くわしく調べはじめたのだ。

「そんなことだと思ったわ。ハッチを開けたとき、警報が鳴ったのね」

ロボットに気づかれないよう、その場でじっとする。マシンは周囲を忙しく行き来していた。ドームのこの区画をちいさな空間に区切っているようだ。

ロボットたちが通廊になだれでていったのを見て、イルミナはセランを操作し、鋼製の足場に沿ってドームの奥へと進んだ。上のほうには厚い絶縁材でおおわれた天井がある。格納庫の天井だ。ヴォルカイルの宇宙船はそこに入ってきていた。

足場は二百メートルほどつづいていて、掩体は充分にある。装甲ガラスのついたドアにたどりつくと、イルミナは向こう側をのぞきこんだ。公園のような風景がひろがる巨大ホールで、異星の植物が咲き誇り、パラダイスかと思う眺めだ。ドアのすぐ前からホールのずっと奥まで、ヤシに似た木々のあいだや花咲く藪のそばを抜けて、細い道が一本のびている。

イルミナはドアを開け、ホールに滑りこむと、すぐ藪のなかに身をかくした。だが、そんな用心は必要なかったようだ。警報は鳴らないし、ロボットも、保安部隊らしき連中もあらわれない。

周囲のようすをうかがいながら、藪を抜けてホール内に進入していく。公園のなかはいくつかの緑地帯に分かれ、そのあいだに未来的な感じの建物が複数そびえていた。だが、その多くは未完成だ。完成をめざして多数の自動マシンが作業している。

「ここはどうやら、カルマーの輜重隊のなかでも特権階級が使う保養施設だわ」彼女はちいさくひとりごちた。「かれらをもてなすために、多大な努力をしているわけね」

空気の質を調べるのはあきらめた。いずれにしても、セランのヘルメットを開く気はない。公園のなかへと浮遊していく。

ずっと前のほうに、八本脚の動物の群れが動いているのが見えた。シマウマのような模様があるが、見た目はむしろラマに似ている。

イルミナは用心深く藪のなかに引っこんだ。グライダーが一機、ひかえめな音をたてて頭上を飛びすぎたのだ。ヴォルカイルがようやく宇宙船から出てきたらしい。かなりはなれた場所にある建物へと飛んでいく。あそこでなにをするのだろう、ぜひ知りたい。そう思い、テラナーはこっそりあとをつけはじめた。いたるところでロボットが公園の手入れをしている。どういう装備を持つマシンなのか外見だけではわからないので、なるべく避けて進むようにした。

「ロボットは武装していると思う？」と、セランにたずねる。

「あいにくですが、わかりません」ポジトロニクスの答えだ。「単純なつくりのマシンかもしれないし、うまく武装をカムフラージュしているのかもしれません。分析不能です」

球形ロボットが二体、道を浮遊していく。イルミナはあわてて跳びのいた。二体は武器アームを装備している。どういう任務を帯びているかは一目瞭然だ。彼女は急いで藪に逃げこみ、戦闘ロボットが見えなくなるまで待った。いつのまにか、八本脚動物たちが草を食《は》みながら近づいてきている。

不思議なことに、ドーム内にいる動物はこの一種類だけだ。植生はこれほど豊かなのに、なぜ動物相はそうではないのだろう？

そのとき、気づいたことがあった。動物の吐く息が雲のように白く、たちまち蒸発しているのだ。ドームのなかはそれほど寒いのかしら？　イルミナはセランの温度表示を見て、当惑したように首を振った。寒いどころか、摂氏三十度をこえている。この気温で動物の呼気が白くなるはずはない。

パラ感覚を白い息のほうに向けてみる。すると、驚くべき発見があった。

八本脚動物の呼気は、分子の集合体ではないか！

この分子に精神集中した結果、ミュータントはほどなく、それがロワの〝決闘の手袋〟のなかにあったものと同じ構造を持つことを見つけだした。おそらく、ブリーはこれを吸いこんでしまったのだ。

ドーム内の空気にはこの成分が多くふくまれるにちがいない。もしかしたら、飽和状態かもしれない。

ヴォルカイルがウルダランにきたのは、このペプチドを補給して自身を強化するためだった？

きっとそうだ。でなければ、エルファード人がわざわざここにくるはずがない。

エルファード人種族も輜重隊のほかのメンバーも、永遠の戦士の随行員はすべて、この手の自己強化を必要とするのだろう。当然、かれらはこのペプチドの依存症だと推察される。

イルミナは八本脚動物の一頭にこっそりしのびよった。動物は頭をあげたが、逃げるようすはなかったので、なんなく呼気の分子サンプルを採取してセランに持ちこむことができた。

遠くのほう、ヴォルカイルが向かった建物に目をやる。もう、あそこまで追っていく必要はなさそうだ。かれがこのホールにきた理由は明らかになったと思うから。

大胆不敵な考えが浮かぶ。

ハンザ・スペシャリスト四名に通信連絡してみようか？　盗聴されて見つかる危険は大きいけれど、重要な情報が手に入るかもしれない。

こちらが向こうに捕まることはないだろう。イルミナはそう確信していた。もしものときには、わたしのほうがよりすばやく動くから。

「ハンザ・スペシャリストたちと話すわ」と、ポジトロニクスに告げた。「連絡をとってちょうだい。かれら、ヴォルカイルの船にいるはずよ」

一分もたたないうちに、ドラン・メインスターが連絡してきた。ハンザ・スペシャリスト四名もクロレオン人たちも船内にいるという。イルミナはそれを聞いて安堵した。

「わざわざここまでやってくるなんて、えらく軽率ですね」メインスターが指摘する。

「ヴォルカイルがウルダランでなにをするのか、知る必要があったのよ」テラナーはいいかえした。

「かれの話では、ここで〝法典を充実させる〟のだとか」と、ハンザ・スペシャリスト。

「なんのことだかさっぱりですが」

「わたしはすこし見当がついてる」メタバイオ変換能力者は打ち明けた。「あとで説明するわ」

「ひとつお願いが。われわれ、もううんざりなんです。これ以上この船にとどまっていたくないし、ヴィーロ宙航士たちのところに帰りたい。われわれを解放してください」

「どうやって？」と、イルミナ。「わたしには無理よ。ここへは搭載艇できたの。ちいさすぎるから、あなたたちまで乗せられないわ。それと、どうやらこの通信、盗聴されたみたい。戦闘ロボットが近づいてくる。もう切らないと」

8

ロボットたちは三方からやってきたため、イルミナ・コチストワはドームの中央に逃げるしかなくなった。だが、それは断じてしたくない。可及的すみやかに搭載艇へもどりたいのだ。

一ロボットがはなったエネルギー・ビームがセランの防御バリアに当たる。それでも、バリアを突きぬけることはない。

彼女は急いで藪を突っ切り、完成間近らしいホテルのほうへと向かった。例の未来的な建物群のひとつで、斬新なかたちが目を引く。半月形なのだ。それでも充分に安定性をたもっているのは、反重力装置を使っているとしか考えられない。多数のロボットが作業している。そのほとんどは建設現場のごみをかたづけているので、明らかに内装の最後の仕上げの最中だろう。

イルミナは窓のひとつに向けて発砲した。粉々になった窓を抜けて、建物内に入る。うしろを振り向くと、戦闘ロボット三体が追ってきていた。彼女はあわてて反重力シャフトに跳びこみ、下降していく。着いたところは豪華なしつらえのホールだった。そこで調度品やカーペットにビームをはなつ。地下フロアはあっという間に炎につつまれ、火災はたちまち上階へとひろがっていった。

「消火装置を設置することはだれも考えつかなかったみたいね」そうつぶやき、窓をひとつ壊して外に出る。四方八方からロボットが押しよせてくるが、イルミナを押しとどめるものはない。どのロボットも、建物の崩壊を食いとめる任務を帯びているのだ。

計算どおりである。

建物を支えている反重力装置のひとつを発見し、分子破壊ビームを浴びせた。建物はめりめりと音をたててかたむきはじめる。だが、飛翔ロボット数十体が押さえているので、まだ倒壊することはない。

ちいさな森を通っていったところで、ラマに似た八本脚動物の群れと思いがけず遭遇した。こんどは草に向けてエネルギー・ビームを発射。炎がめらめらとひろがり、動物は大あわてで逃げだした。

どこかで警報サイレンが鳴っている。

イルミナは木々の梢の上まで最大価でセランを加速させ、ヴォルカイルの宇宙船がとめてある格納庫へ急ぎ向かった。もう一度あたりを見まわすが、一体のロボットもいない。こちらが巻き起こした大混乱のせいで、シュプールを見失ったようだ。

公園へ入るのに使ったドアのところまでたどりつき、開ける……と、いきなり戦闘ロボット三体が発砲してきた。待ちかまえていたのだろう。イルミナは驚いて跳びすさった。とはいえ、セランがあるのだからエネルギー・ビームなど平気だということはわかっている。それより危険なのは、ロボットがこちらを引きとめるあいだに通信で応援を呼ぶことだ。あまり数が多いと、さすがに太刀打《たちう》ちできまい。

イルミナはここでも、ホテルでしたのと同じことをした。ロボット相手に砲火を開くのでなく、支えの柱を分子破壊銃で撃ったのだ。エネルギー・バリアがほどこされていなかったため、数秒で四本を壊すことができた。技巧を凝《こ》らした建造物が、全体を通してぐらつきはじめる。戦闘ロボットは火を消しとめてから、撤退した。みずからのボディとエネルギー・バリアを使って、もっともあぶなげな柱を守ろうというのだろう。

「そうすると思ったわ」イルミナは皮肉をこめていうと、大急ぎでロボットのわきをすりぬける。「瓦礫《がれき》がぜんぶ頭の上に落ちてこないよう、せいぜい気をつけるのね」

いまや作業ロボットが四方八方から、カタストロフィを避けるべく集まってきていた。ボディを突っ張って、倒壊寸前の鋼の骨組みを下から支えている。

イルミナのほうは、やってきたルートにたどりついた。外に出てハッチを閉めると、ブラスターを使って溶接する。

「こんどもまた構造亀裂をつくれるでしょうね」と、ポジトロニクスにいった。

「おまかせください」セランは答えた。「必要なデータは保管しています」

人員用エアロック・ハッチを抜けると、いわれたとおりにポジトロニクスがエネルギー・バリアに構造亀裂を生じさせた。それを通って彼女は外に飛翔していく。高さ三十メートルほどある岩壁の奥に逃げこみ、これを掩体にとりつつ搭載艇まで近づいた。見ると、ドームから種々の小型グライダーがスタートしてくる。恒星の熱で赤々と燃える大地には戦闘ロボットが進出していた。

「なにをやらかしたんです？」ドラン・メインスターの声が、セランのスピーカーから聞こえてきた。「ここの景色は地獄みたいですよ」

方位測定されたくないので、返事はしない。イルミナは搭載艇へと浮遊していき、エアロックからなかに入ろうとした。そのとき、頭ほどの大きさの石が艇のほうに転がってくるのがわかった。生命体だろうか？ ひょっとしたら、スタートさせまいとして阻止するつもりか？ 彼女は一瞬たりとも躊躇せず、分子破壊ビームを見舞う。石がたちまち艇からはなれていくのを見て、ほっとした。

エアロックにからだを押しこみ、内側ハッチが開いてから、セランを脱いだ。

「すぐにスタートするわよ」と、操縦装置の奥にすわっていたキドにいう。ずっとそこでそうしていたようだ。

「大丈夫」イルミナの超能力で生まれ変わった生物はいった。「なにもかも準備しておいたよ」

イルミナはみぞおちを殴られたような衝撃を受けて、

「なにをしたの？」

キドを操縦装置のそばから追いやる。ほとんどの装置に手がくわえられているのを確認し、イルミナは愕然とした。まだまともに動くものがあるとしたら、奇蹟としかいいようがない。

「エアロック・ハッチの二重安全装置が……とりけされてる」言葉がつかえる。「これがなにを意味するかわかってるの？　ボタンひとつ押すと、ハッチが両方とも開いてしまうのよ。そうなれば、あなたはおしまいよ」

「でも、ここにあるもので遊んじゃいけないとはいわなかったでしょ」

「なぜ？」

「たしかにそうはいわなかったわ。でも、当然わかっていると思ってた」

イルミナは唖然としてキドを見た。そのあいだも、各システムをもとの状態にもどそうと躍起になる。

「なぜって？　できるだけ早くスタートする必要があるからよ」

「なぜ？」

「追われているの」

「なぜ？」

イルミナは思わずうめいた。

「たのむから、一分間だけほっといてくれない？」

「ずいぶん感じ悪いね」

「いまは感じよくしてられないの、キド。危険な連中を相手にしてるんだから。かれら、自分たちの秘密をわたしに突きとめられたので、気にいらないのよ」

「秘密？」キドの目が輝く。明らかに、〝秘密〟という言葉にことのほか引きつけられるようだ。

「かれらが力を強化するのに使っているらしい物質を見つけたの。それをすこし失敬してきたわ」イルミナは説明した。

「見てもいい？」

「あとでね。セランのなかに入っている。いまはとにかくスタートしないと。本当に時間がないの」

全システム、ランプがグリーンに点灯。艇はふたたび完全に機能するようになった。イルミナはスタートに向けて精神集中した。探知機によれば、ロボット数体がゆっくり近づいてきている。

「お願いだからじゃましないで。監視要塞のそばを通らなくちゃいけないから、むずかしい機動になるのよ」

「ぼくのことなら気にしなくていいよ」キドはシートから立ちあがる。「あなたの気が散らないように、ほっといてあげるから」

そういってかれが引っこんだときも、イルミナはなんとも思わなかった。質問に答えなくてすむので操縦に集中できると、よろこんだだけで。艇をスタートさせた。

勢いよく加速して溝を出ると、なだらかな尾根の上をこえていく。それから急上昇し、ドームから遠ざかった。

攻撃はまったくない。

ヴォルカイルも輜重隊のほかのメンバーも、こちらの逃亡に気づかなかったとみえる。ところが、惑星ウルダランの様相がいきなり変化していた。

至福のリング十二個に動きが生じたのだ。いずれも、それまでの周回軌道を好き勝手に変化させている。イルミナはただちにポジトロニクスのスイッチを入れ……それで問題が解決するとも思えなかったが……リングの動きを計算するよう命じた。それがわかれば、回避コースをとることができる。

だが、ポジトロニクスはもっとも恐れていた答えを出してきた。

〃カオス〃と！

つまり、至福のリングは計算可能な力学系に沿って動いていないということ。そうなると、もうお手あげだ。搭載艇は大気圏の最上空でよろめきはじめた。なんとか惑星の重力から逃れてリング領域を突破できないかと、イルミナはあれこれためしてみる。うまくいくはずもない。

艇はとてつもない大渦巻きにのみこまれたかのようだ。出口がまったく見つからない。

このカオスから逃れる手段はたったひとつ。

逃げるのをあきらめ、ふたたび惑星に着陸するしかない。艇を降下させ、数百キロメートルのびる巨大な峡谷に向かった。ここなら無数にかくれ場がある。疲れはてたイルミナは、ある洞窟のなかに艇をとめた。

「ここならすぐには見つからないでしょう」そういってシートのクッションにもたれ、両手で顔をおおう。

キドはよくわからない声をひとつふたつ発しただけだ。

「でも、いったいどうやって脱出したものかしら」

ヴォルカイルの罠を逃れる手立てはないように思えた。

考えられるとしたら、このままここでようすを見て、向こうがあきらめるのを待つことだけだ。いずれ《アスクレピオス》にもどれるときがくるだろう……

《アスクレピオス》!

彼女は電撃を受けたように立ちあがった。ヴィールス船なら助けてくれる。動きまわる至福のリングのカオスのなかでも、どうにかなるかもしれない。

身を乗りだし、母船に信号を送る。

ランプが三回、点滅してから消えた。

ヴィールス船が応答してきたのだ！

テラナーはただちに行動した。搭載艇をスタートさせ、ふたたび最高価で加速する。轟音をたてながらしばらく進み、小型艇三隻からなる捜索部隊のそばを通過。こちらがあまりに速いので、相手は追ってこられない。

とはいえ、まだ問題はこれからだ。

至福のリングは相《あ》いかわらず、まったく不規則ででたらめな動き方をしている。だが、今回はイルミナは引き返さなかった。艇をどんどん上昇させ、自力ではけっして抜けだせない大渦巻きへと突っこんでいく。そこでビーコンを射出。

いきなり目の前に《アスクレピオス》があらわれた。

テラナーはみごとな正確さで搭載艇をヴィールス船のエアロックへと操縦していく。そこに入ったと同時にハッチが閉まり、《アスクレピオス》はエネルプシ・エンジンを作動させた。こうしてイルミナは危険ゾーンを脱したのだった。

イルミナは搭載艇から降りて母船の格納庫に足を踏みだすと、「もう出てきていいわよ、キド」と、声をかける。「なにもかもやりぬいたわ。セポル星系にいるほかのヴィールス船のところへ帰りましょう」

《アスクレピオス》がいなければ、ウルダランを去ることはできなかっただろう。そのヴィールス船が自発的に動いてくれたことに、イルミナは心の底から安堵していた。

「どうしたの、キド？」と、ふたたび呼びかけた。「なぜ返事しないの？」

踵を返そうとしたその瞬間、うなじに強烈な一撃を浴びる。彼女は床に倒れ、すこしのあいだ意識を失った。

＊

気づいたときには、ひとりだった。なにが起きたのか、まったくわからない。頸筋と頭がじんじん痛む。

ぼうっとした状態でからだを起こし、壁に背中をもたせかけた。

「キド？　格納庫のなかにいるの？」

家なき子は答えない。ヴィールス船も同じく沈黙している。

立ちあがり、搭載艇まで行ってみたが、そのなかにもキドはいなかった。

ウルダランで着用していたセランが目に入る。そこから持ってきた例の物質のことを思いだし、ポケットを探ってみたが、からっぽだ。近くを見ると、八本脚動物の呼気から採取したペプチドを入れた容器が転がっている。中身はのこりわずかになっていた。

「そういうことね。キドはこれを吸いこんでしまった。それが悪い作用をおよぼしたんだわ」

そのとき、上階デッキでなにかが壊れる派手な音がして、イルミナは反重力シャフトに急いだ。

キドが力のかぎり、わめきちらしている。とんでもなく危険な状態にあるようだ。

ミュータントは上向きに転極したシャフトに跳びこんだ。上階の通廊に出たところで、あやうくキドと鉢合わせしそうになる。家なき子は荒い息を吐きながら跳びのいた。目は眼窩から飛びだし、唇からは泡が吹きでている。

「おちついて、キド」イルミナはおだやかに声をかけた。

キドは両手をこぶしに握り、襲いかかってきた。めちゃくちゃに殴りかかりながら、彼女を押しもどそうとする。

「どけ！ 永遠の戦士の力に逆らうならば、殲滅する！」

大声でそういうと、キドはいきなり方向転換してラボに姿を消した。すぐさま、破裂音が響く。そこらじゅうにあるものをすべて壊しているらしい。

ようやくイルミナは得心した。

ウルダランから持ってきた分子サンプルは〝法典分子〟とでも呼ぶべきもの。明らかにそのせいで、ヴォルカイルの従者がかたちづくられたのだ。この分子が記憶物質となり、ある特定の性質を呼び起こすということ。ウルダランで分子を吸引した者は、自分を永遠の戦士だと思いこみ、それにしたがって行動しはじめる。とはいえ、分子がすべての生物に同じ作用をおよぼすわけではないだろう。

ある者は、これのせいで暴走してしまう。

あるいは、狂気にいたることもあるのか？

彼女はラボをのぞいてみた。キドが暴れまわっている。本当に、正気を失ったように見えた。素手でラボの装置類をたたき壊しているのだから。

「やめなさい！」イルミナは叫び、キドの腕をとらえてとめようとした。しかし、かれはもう自分がなにをしているかわからないらしい。別人のようだ。怒り狂って殴りかかってくる。

痛い思いをさせるのは忍びなかったが、まったく容赦なく力いっぱい向かってくるので、ほかに選択肢がない。イルミナは片手でキドの腕をつかんだまま、もう片方の手で麻酔の入った注射器を棚からとりだした。

身に迫る危険に気づいたキドは、ますます力をこめて抵抗した。ふたりして床に倒れ、組んずほぐれつしながらラボ内を転がりまわる。だがとうとう、イルミナは相手に麻酔剤を注射することに成功。

たちまちキドはおとなしくなり、一種の硬直状態におちいった。まったく生気が見られない。イルミナは最初、本当に死んだのかと思い、そっとかれをスキャナーのところに横たえる。死んだわけではないとわかったときは、ほっとした。

「知りたがり屋のちいさな悪魔」と、小声でつぶやく。キドの脳活動はきわめて正常で、むしろ活発といっていいくらいだった。

イルミナは考えこんだ。自分になにができるだろうか。キドは分子を吸いこんだことで、法典となる記憶物質を刻みつけられたわけだが、こうした物質を彼女はすでに知っていた。ある特定の情報をふくむ蛋白質《たんぱく》分子というのが存在するのだ。たとえば〝暗闇を避ける〟という情報をふくむペプチドを注射された者は、暗いところをひどく恐がるようになる。

法典分子にさらされたのはキドだけではない。ブリーもロワもその影響を受けている、もしくは、かつて受けていた。つまり、これは注射する必要がないということ。呼吸器あるいは消化器を通じて体内にとりこまれ、脳細胞にまで達して、ある決まった反射行動を起こさせるのだ。

イルミナはキドの頭に手を置き、いった。

「あなたが好奇心からサンプルを吸いこんでくれて、本当ならお礼をいわなくちゃね。

おかげで事実関係がすみやかに解明できたんだもの」

法典分子の作用はどれくらいつづくのだろうか。考えてみても、答えは出ない。キドはずっとこのまま硬直状態でいることになるのか、それとも、麻酔が切れたらまた完全にもとどおりになるのか。

それもやっぱりわからない。

キドをくわしく診察してみたが、なにも判明しなかった。スキャナーを使っても満足のいく結果は得られない。むしろ、スキャナーのせいで硬直状態がひどくなったようにも感じられる。

《アスクレピオス》がセポル星系にもどったときも、変化はなかった。家なき子のようすを見に、レジナルド・ブルがやってくる。

「わたしのほうはなんともない」ブルはイルミナにそう告げた。「禁断症状が抜けたようだ。もう咳もくしゃみも出ないし、吐き気もおさまった。やっと細胞活性装置が効きはじめたらしい」

「それを聞いてすこし安心したわ」と、メタバイオ変換能力者。「わたしが細胞活動に手をくわえることもできたでしょうけど、じつのところ、それはほかに手段がないときだけにしたいの。この分子のこと、まだほとんどわかっていないし、へたに操作するとまったく望まない反応が出るかもしれない。だから、キドもわたしの介入なしで分子の影響から逃れてくれるといいんだけど」

惑星ウルダランでの出来ごとと、そこでなにを発見したかをブルにくわしく説明し、「この法典分子が永遠の戦士たちに作用して、ある特定の行動を強いるのはまちがいないと思う」と、報告した。「ひょっとしてかれら、その作用を維持するというか、更新するために、一定の間隔で法典分子をあらたに摂取する必要があるんじゃないかしら。推測だけど、ウルダランにあるのは補給基地のようなもので、永遠の戦士たちはそこで法典更新のために分子シャワーを浴びるのかもしれない」

「惑星にそれほど贅沢な施設があるのも、それで説明がつくな」ブルはうなずいて、「うむ、きみの推測どおりだろう」

イルミナはキドの目を調べてみた。変化は見られない。

「セポル星系でなにか動きはあった？」と、訊く。

「わたしの禁断症状がおさまったこと以外は、とくにないが」ブルはそう答えてから、「エディム・ヴァルソンがロワのために、カルマー輜重隊のお偉いさんとの会合をセッティングしたよ……ストーカーのパーミットがものをいったな」

「お偉いさんって？」

「リングの設計者、いわゆる〝リング技師〟だ」

「それはかなりの成果ね」と、イルミナ。「もしかすると、なにか出てくるかも」

＊

NGZ四二九年五月二十五日、キドが目ざめた。

イルミナはその瞬間、ちょうど近くにいた。突然、キドの呼吸が深くなり、息づかいがはっきり聞こえるようになったのだ。

急いでそばに行き、観察する。かれの両目にだんだん生気がもどってきている。

「キド」と、訴えかけるように、「目をさましてちょうだい」

キドは大きくうめいて身じろぎすると、こういった。

「どうしたの？　なにかあったの？」

「あなた、すこしばかり好奇心の度が過ぎたのよ」イルミナは説明する。「わたしがドームから採取してきたサンプルを吸いこんだでしょ」

「ああそうだ、思いだした」キドのようすはきわめて正常だ。攻撃性もまったく見られない。イルミナはかれを助け起こしてやり、

「気分はどう？」と、訊いた。

キドは両手を腰に当てて、筋肉をほぐすように肩を動かす。それから、不思議そうに首を振った。

「痛い」と、肩ごしに背中を見おろすようにする。

イルミナはふいに気づいた。キドはどこか変わってしまった。

「痛い？　どこが？　頭が痛むの？」

かれは立ちあがり、背中の下のあたりを両手でなでた。

「尻尾があるみたいだ。背骨のあたりが一メートルくらいのびたように思うんだけど」

「だけど、尻尾なんかないわよ。そのなごりもない。あなたに尻尾が生えてたことはなかったわ」

「尻尾が痛いんだよ。尻尾があるって感じる。ないなら、どうして痛んだりするの？」

原記憶がよみがえったのかしら、と、イルミナは自問した。マガラで遭難する前のキドは、スコルシュのような進行役だったのだろうか？

キドはとほうにくれて彼女を見るばかりだ。

まやかしの楽園

クルト・マール

登場人物

レジナルド・ブル（ブリー）…………《エクスプローラー》指揮官
ロワ・ダントン……………………………《ラヴリー・ボシック》指揮官
イルミナ・コチストワ……………………メタバイオ変換能力者
キド…………………………………………〝家なき子〟
エディム・ヴァルソン……………………クカートン人。ウパニシャドの上級修了者
ウイスキー…………………………………ドラクカー
クーリノル…………………………………メルラー。エリュシオンの運営者
ベ＝ルコ……………………………………ベリハム人。リング技師
メリオウン…………………………………エルファード人の総司令官

1

くらくらするような眺めだった。右のほうでは灼熱の恒星セポルが輝き、異銀河の星々の光が海のごとくあふれている。そのなかで、セポルの近傍にある惑星がふたつ、くっきりとした光点となって浮かびあがっていた。あのいずれかが惑星ナガトだと、レジナルド・ブルは思った。そこに、ロナルド・テケナーと仲間のヴィーロ宙航士たちがいる……あの絶望的な救難信号を発したあと、まだ生きていればだが。

恒星の光に眩惑されないよう、セラン防護服のヘルメット・ヴァイザーの右側の遮光機能を倍に強める。それから、すぐ近くにひろがる色とりどりの光の饗宴に注意を向けた。

〝歳の市〟ね、と、ばかにしたように考える。かれらがアトラクションを楽しんでいるのは、凶事が待つ世界への門前だというのに。

角張って入れ子状になったような《エクスプローラー》の輪郭がしだいに縮んでいき、ぼんやりした光の染みになり、最後は星々の絨毯《じゅうたん》に埋もれて見えなくなった。ブルがヴィールス船の複合体を出てから半時間が経過している。いまは秒速数キロメートルという速度で、宇宙の真空を抜けて多彩な光のほうへと進んでいた。

探知装置を作動させる。ヘルメット・ヴァイザーの一部分にヴィデオ・スクリーンが表示され、無数のちいさなリフレックスがうつしだされた。すべて同じ方向をめざしている。ブルはふと、にんまりした。ヴィーロ宙航士たち、船内でじっとしていられなかったのだな。歳の市のアトラクション見物に出かけたわけだ。高価な品々を宇宙服のポケットいっぱいに詰めこんでいき、取引しようというのだろう。

だが、そこで憂鬱《ゆううつ》な気分になった。ヴィーロ宙航士の多くはことの重大さを認識していない。かれらはいまも、地球をスタートしたさいに思い描いた夢にとらわれている。なにものにも従属せず、束縛されず、大宇宙の奇蹟を自分の目で見るのだという夢に。のんきなヴィーロ宙航士の面々がいつのまにか銀河規模の大組織における紛争に巻きこまれ、抜きさしならぬ状態になるかもしれないことを、理解できずにいるのだ。あるいは、認めたくないだけか。

ブルは暗い考えをわきに押しやった。他人のことをあれこれいう権利が自分にあるのか？　結局のところ、自身も取引でひと儲けしようと思っているのだから。興味の対象は物品ではなく、ひたすら情報のみだが、それだって同じことではないか？　巷《ちまた》では不思議な噂が流れていた。戦士の輜重隊《しちょう》の歳の市では、支払うものを惜しまなければなんでも手に入るとか。物理的・精神的娯楽でも、サービスでも物品でも、あつかっていないものはないという。ブルのポケットにも、通貨がわりになりそうな価値ある品々がたくさん入っていた。これらをさしだせば、いまの望み……永遠の戦士とその組織に関する秘密を暴《あば》くこと……がかなうかもしれない。

戦士の輜重隊はあらゆる建造方式の宇宙船数千隻で構成され、戦士のいるところならどこにでも出現する。〝恒久的葛藤〟の教えを明白に守っていると意思表示するために。

ブルは輝くドームのほうへとゆっくり飛翔していった。高さはゆうに三十キロメートルあるだろう。複数の宇宙船が数キロメートルおきにならんで、ドームの周囲をとりまいている。いわゆる〝催事場〟の運営責任者である組織委員会の所属船だ。催事場とはこの透明ドームのこと。委員会の船に搭載された高出力プロジェクターを使い、純粋エネルギーからつくりだされている。ドーム内には重力の異なるゾーンがいくつか存在するという。ブルが聞いたところでは、内部はすくなくとも七つの場所に分かれていて、それぞれ独自の大気組成を有するそうだ。輜重隊メンバーの個々の要請にこたえるものだろう。

ドーム内にはフォーム・エネルギー製の建物がいくつか浮遊している。いずれも製造者の故郷世界の建築様式でつくられている。角石に平坦な屋根をのせたもの、同じく角石に切妻屋根のもの、ピラミッドや円錐形、直立するシリンダー。その半分の長さのシリンダーを寝かせたものは、トタン板でできたあばら屋のようだ。円錐も尖ったのやひしゃげたのがあり、多面体あり、しまいには左右対称な部分がまったくない建物も見られる。それらすべてが、ありとあらゆる色のスペクトルをはなっていた。どの建物所有者にもひとつやふたつ色の好みがあるため、結果として、催事場のなかは神経を惑わせるような多彩さが支配している。

催事場はここだけでなく数百あるし、各催事場のあいだにも単独や小グループの艦船が展開して、大エネルギー・ドームの向こうで物品やサービスを売りに出している。それを考えたら、この歳の市がどれほどのスケールだか想像できるだろう。セポル星系の第三惑星と第四惑星の軌道のあいだで、ものすごい規模の活動がおこなわれているわけだ。

レジナルド・ブルは巨大な発光標識のもとへ浮遊していった。ソタルク語のくねくねした文字で〝酸素呼吸生物用エアロック〟と表示してある。その前でとまると、ドーム壁に構造亀裂が生じた。それを通ってホールのようなひろい空間に入る。そこは大にぎわいであった。

ホール両側の壁に沿ってずらりと、無数の小型艇がとめられている。歳の市を訪れた者たちの乗り物だ。来場者は奥のほうにある連絡口に殺到していた。組織委員会のメンバーを相手に、催事場に入るためのわずかな金を値切っているのだ。ロボットがいれば入場者をもっと効率的にさばけるはずだが、どこにも見あたらない。これが、永遠の戦士が引き連れている輜重隊に特有のやり方なのだと、ブルは結論づけた。生きた従者がいくらでもいるのだから、ロボットの出番はないということ。

ヘルメットを開き、セランの頸もとにしまいこむ。おそるおそる、合成大気を吸いこんでみた。オレンジフラワーを思わせるような、かぐわしい香りがする。たぶん殺菌剤のにおいだろう。連絡口の前にはありとあらゆる姿かたちの生物が集まり、行列ができていた。あちこちで呼び声があがる。群衆はおもしろい娯楽をもとめて興奮し、夢中になっている。ブルはあらためて驚いた。出自や外見やメンタリティはそれぞれちがっていても、基本的に知性体の行動というのは、なんとよく似ていることだろう。

ようやくブルの番がきた。組織委員会の色鮮やかな制服を身につけた、ヒューマノイドに見えなくもない一生物が、数百の複眼がある大きなひとつ目でじっとこちらを見る。くちばしのような口を開いて甲高《かんだか》いきんきん声を発し、戦士の言語ソタルク語でこう訊いた。

「なにを持ってきたのかね、異人よ？」

ブルはこまごましたものをひとつかみ、ポケットのなかから無言でとりだした。それらを手のひらにのせ、ひとつ目の相手に披露する。

「どれでも好きなのを。ただし、ひとつだけだ」

おや指の爪ほどもない品ばかりだ。どういう技術が使われているのか、ひとつ目にはまったく未知のものだろう……〝地球替え玉作戦〟のときの赤い巨眼ベテルギュースと同じくらいに。それでも、その機能はすぐにわかったらしい。

「高機能マイクロシントロニクスだな」と、驚いたようにいう。大きな目をさらに見開いて、「こんないいものを本当にくれるのか？」

「きみの仕事は大変だ、友よ」ブルの返事だ。「あそこでくりひろげられる催しを楽しむこともできないのだからな。好きなのをとってくれ」

ひとつ目は鉤爪のある尖った指を二本のばし、ピンの頭ほどのちいさな玉をひとつつまんだ。

「いいチョイスだ」ブルが褒《ほ》める。「三十億とおりの論理計算機能を持つマイクロシントロン・チップだよ。シガ技術の最高傑作だ」

ひとつ目は宝物をしまいこんだ。ブルは手のひらの品々をまたポケットにもどし、前に進もうとする。ところが、色鮮やかな制服の者に呼びとめられた。

「あなたはヴィーロ宙航士と名乗る者たちのひとりだな？」と、たずねてくる。

「そうだ」と、ブル。

「映像を見たことがある。戦士のこぶしをなくしたとか」

「そのとおり」

「あなたは親切な人だ。入場料を値切ることもなく、ほかの者たちより十倍は価値のあるものをわたしにくれた。その返礼をしよう。忠告しておく。戦士のこぶしを失った者があのなかに行けば、もっともみじめな種族ドラクカー以下のあつかいを受けることになるだろう。気をつけなさい。宝物はポケットに入れて肌身はなさないように。それから、あなたのように蔑視されている者を襲ったり、ものを奪ったり、あげくは殴り殺したりする輩《やから》がいても、責めたてないこと。そうすれば、催事場でなにが待ち受けているか、おのずとわかってくる」

レジナルド・ブルは考え深げに目の前の異人を見つめた。顔のまんなかに大きな団子鼻が鎮座している。その顔は面長《おもなが》で、両側に垂れさがる大きな耳はしなびたレタスのようだ。頭のてっぺんにはスパゲティのような白っぽい毛束が生えている。

「忠告に感謝する、兄弟」ブルはそういい、「名前を教えてもらえるか？　いつか思いだせるように」

「ツィラーだ。種族名はナスヴァヌ」

「いろいろありがとう、ツィラー」と、ブル。

ほかにもまだいいたいことがあったのだが、列にならんでいる者たちがいらだちはじめた。

「そこでなんのよけいな商売をしてるんだ？」太いシリンダーのような胴体をした一生物が、漏斗《ろうと》形の口からどなり声をあげる。「われわれの時間を盗むつもりか？」

ブルはツィラーに手を振って別れを告げると、出入口のアーチ門をくぐり、催事場のなかへと入っていった。

＊

セラン防護服の機能のうち、催事場内で必要ないものはほとんどオフにする。フィールド・プロジェクション製のマイクロ装置五十個が消えた。これですこしは不格好でなくなり、動きやすくなる。

レジナルド・ブルはいま、大きな広場のはしにいた。向かい側のはしには、けばけばしい色に光り輝く建物がいくつかある。音楽が流れ、合間につぶやき声が聞こえてきて、催事場を訪れた者たちの秘めた欲求をかきたてようとしていた。ブルが数分前に通過したエアロックから異人の群れが押しよせ、かたわらを通りすぎていく。だれもみな、自分がなにをしたいか、ちゃんとわかっているのだ。

「なにかお手伝いしましょうか？」と、親しげな声がした。

ブルははっとして振り向いた。若く魅力的な女がひとり、目の前に立っている。もうすこしでテラナーだと信じるところだった。だが、よく見ると彼女の両足は、ベトン被膜を模したなめらかな薄グレイの床の上、数センチメートルのところに浮いている。プロジェクションだとわかり、がっかりした。どこへ行ったものかブルが躊躇《ちゅうちょ》しているのにだれかが気づき、同族女性のホログラム映像をつくって誘いかけてきたのだろう。だが、完璧な出来ではない。この美女はソタルク語で話しかけてきたからだ。

「教えてほしい。どこに見るべきものがあるかな？」そう訊いてみた。

女は声も高く笑い、

「どこにでもあるわよ」と、答える。「なにがお好き？　あなたはとてもいい趣味をお持ちのようね。ランデヴーなんていかが？」

「きみとかね？」ブルはとまどって応じた。

「ご冗談を」女が軽くあしらう。「わたしはただのプロジェクション。でも、わたしをつくっている場所には生身の女がたくさんいるわ。百パーセントあなたの同族というわけではないけれど、好みの相手が見つかるはずよ」

「恥を知れ」ブルは女をたしなめた。「男女関係まで商売にするつもりか？　わたしが探しているのは、ここでの動きを観察できる場所だ。あと、できればまともな飲み物がほしい。喉が渇いた」

女は意味ありげな笑みを浮かべて、

「この上階よ」と、いう。「場所ははっきりいえないけれど、上に行けばなにか見つかるでしょう」

「上の、どこだ？」

「とにかく行ってみるのね」そういうと同時にプロジェクションは消えた。

ブルは慎重に一歩を踏みだす。と、驚いたことに、目の前には急勾配で上につづく斜路があった。足もとは完全に透明で、なにも見えない。先に進んでいくにつれ、広場のグレイの床がうしろに遠ざかった。見まわしてみると、左右にカラフルな光の帯があって、斜路の縁と進行方向をしめしている。帯のひとつに近づき、それをこえようとしたところ、不可視の壁に突きあたった。落下予防の安全策ということ。斜路から転落する者が出ないよう、組織委員会が気配りしているわけだ。

急勾配の斜路のてっぺんに着いたとき、いきなり風景が変化した。これまで見たことのないような建物群が、突如あらたに出現したのだ。せまい道路の両側にずらりとならんで建っている。道路にはさかんに行き来があった。両側の建物のあいだを、来場者がさまざまに出入りしている。空中ではホロドラマがあれこれ上映され、どこへ行こうか迷う者たちをいかがわしい場所へ誘おうとしている。その視覚効果を客引きの声が補っていた。

目まぐるしい動き、ぎらぎら点滅する光の洪水、耳を聾する大声。にもかかわらず、そこにくりひろげられる光景は平和で統一的で、奇妙にも調和がとれていた。その雰囲気が一変したのは、鋭い叫び声があがったときだ。

「罰あたりなドラクカーめ、わたしの持ち物をぜんぶくすねたな！」

それまで無目的に入り乱れていた群衆のなかに秩序が生まれた。楽しみをもとめる者たちがわきによけ、あいだに通路ができる。道路の両側に来場者が壁となって立ちならび、そのまんなかに背の高いがっしりした三本脚生物が一名、立っているのが見えた。胴体は洋梨形で、細いほうの先端に脚があり、そのあいだで屈強な臀部《でんぶ》が揺れている。腕も同じく三本だ。頭部はでこぼこで、ブルは最初に見たとき、テラのカリフラワーを思い浮かべた。どこに感覚器があるか見えないが、大きな口のありかははっきりわかる。その口から、とめどなく罵詈雑言《ばりぞうごん》が流れでていた。三本脚の足もとはおぼつかない。がみがみ大声でののしりながらも、からだが前後に揺れている。三点で支えるのだから、ふつうは非常に安定感があるはず。それからすると、この男はアルコールの類《たぐ》いを摂取して酩酊《めいてい》状態らしい。

この粗野な男がののしっている相手らしき者を、ブルは数秒たってようやく目にした。三本脚とくらべたら、まるで侏儒《しゅじゅ》だ。直径三十センチメートルもないたいらな円盤形のからだは、みすぼらしい濃褐色をしたキチン質の甲羅でおおわれている。円盤を支える四本脚はみじかく、先端は強靭《きょうじん》なはさみ状の鉤爪になっていた。このはさみは折り曲げることができ、足の役目もはたす。円盤の縁から数本の柄がのびて、その先端は感覚器になっていた。目のようなものだろう。

ドラクカーと呼ばれたのは、このちびにきまっている。ちびは自分の危険な状況をはっきり認識していた。三本脚が息をつこうとして長広舌《ちょうこうぜつ》をしばし中断すると、鋭い声で抗議した。

「わたしがどうやって持ち物をくすねられる？ あんたの膝にもとどかないんだぞ！」

それを聞いても、三本脚の巨体はおさまらない。いつのまにか、道路の両側にならぶ見物客も興奮しはじめていた。そこから聞こえてくる意見は、けっしてドラクカーに好意的なものではなかった。

「やっつけろ！」だれかが金切り声をあげる。

「ドラクカーなんぞ、ここには用なしだ」と、べつの者。

これでわかった。群衆はアクションドラマが見たいのだ。持ち物を盗まれたといいはる男と、泥棒と思われる者の一騎打ちは、まさにもってこいだった。ドラクカーが身長二メートルの三本脚に勝てるチャンスはほとんどないが、そんなことはかまわない。おもしろければいいのだ。公平さは問題ではない。〝……あのなかに行けば、もっともみじめな種族ドラクカー以下のあつかいを受けることになる〟というツィラーの言葉を、ブルは思いだした。ドラクカーという種族はどうやら、戦士の輜重隊のなかで最下層民のようなものらしい。

ちびは驚くべき敏捷性《びんしょう》を見せて逃げようとした。前後左右に自在に動きまわり、一瞬、逃亡は成功するかに思えた。しかし、興奮した群衆にはそうさせる気はない。前へ押しでてくると、最初につくっていた通路をふさいでしまった。ドラクカーがぜんぶで六本ある有柄眼をのばしても、見えるのは群衆の脚や胴体ばかりだ。あわてて物見高い来場者たちのあいだをうろうろし、なんとか逃げ道を探そうとするが、見つからない。

そのとき、見物客のひとりが身をかがめ、力強い手で、なすすべのないちびの脚を一本つかんだ。群衆は拍手喝采。つかんだ者は、そのまま数回ドラクカーを振りまわし、投げ飛ばした。あわれなちびは弧を描いて飛んでいく……からだを揺らしつつ腕を腰に当てて獲物を待つ、三本脚のほうへと。

空中を飛ぶあいだにドラクカーが発した恐怖の叫び声は、レジナルド・ブルの胸を締めつけた。道路のかたい表面に褐色の甲羅がぶつかり、ぐしゃりといやな音がする。三本脚の男は身を乗りだし大声を出した。ドラクカーにとどめを刺す気でいるのはまちがいない。

ブルは立ちはだかる群衆を力ずくで押しのけ、開けた場所に出た。周囲に群がる見物客から不満げな声が聞こえてくる。三本脚生物は二本の脚を使ってかがみこみ、もう一本は外にのばしていた。すぐ目の前にドラクカーが横たわっている。墜落の衝撃で失神したようだ。

「もうやめろ」ブルの言葉は、とくに大声でなくとも、立ちならぶ見物客のすみずみにまで響きわたった。「強者が弱者を相手に戦うのは、戦士の名誉にそぐわない」

カリフラワー頭が横にひろがり、葉っぱが数枚よけいに出てくる。相手がこちらを凝視しているのだと、ブルは感じた。三本脚男は上体を揺らし、大きな口を開くと、憎々しげに言葉を吐きだした。

「わたしは……戦士の名誉にかけている！」

＊

ブルにとっては聞き慣れない表現だった。だが、おぼえておこう。これから何度か必要になるかもしれない。

「きみにとって戦士の名誉が重要でないなら、ここに用はなかろう」と、きびしくいう。

「とっとと帰るがいい」

三本脚は体勢を立てなおし、

「持ち物を盗まれたんだぞ！」と、吠える。

「証拠を見せろ」

相手はすばやく腕をのばし、ブラスターの銃身ほどもある太い指を一本突きだして、やっと身じろぎしはじめたドラクカーをさししめした。

「こいつが盗んだんだ！」と、わめく。「いまなにもないんだから、盗まれたということ。陰険な四本脚のはさみ持ちのほかにだれが、歳の市の罪なき客から全財産をくすねたりする？」

カリフラワー頭がさらにひろがった。

「そこらをほっつき歩いてる異人になにをいわれたって、キュリマン種族がとっとと帰ったりするもんか！」と、吐き捨てる。さっきのブルの言葉にようやく思いいたったらしい。「あんたこそ、ここに用はないだろう。こうしてやる……」

最後までいわずに、三本の腕を竿のように振りまわし、殴りかかってくる。ブルはすばやくしゃがんで一撃をよけたが、あまり自慢にはならない。三本脚の男はたしかに背丈も筋肉もかなり自分を上まわるとはいえ、これほど泥酔状態だと反応は鈍いから。こちらに向かってくりだされた三発の殴打は、いずれも空を切った。対してブルのほうはすかさず身をかがめて、片手で相手の臀部を、もう一方の手で三本ある脚の一本をとらえ、ぐいと衝撃をくわえる。ついに酔っぱらいはバランスを失い、腕を盛大に振りまわしながら、うしろにどっと倒れた。重量級がぶつかったせいで、フォーム・エネルギー製道路の舗装面がぶるぶる震動する。

カリフラワー頭ががくりと垂れ、大きな口が閉じて、キュリマンは動かなくなった。

酒の酔いと地面に倒れた衝撃とで、意識を失ったのだ。ブルはむだな時間を失わずにすんだということ。

「なにをぽかんと見ている！」かれは群衆に向かってどなりつけた。「おまえたちも名誉の戒律をないがしろにするのか？ ここにはまともなやり方で楽しむためにきたんだろう？ 行け！」

その声には反論を許さないなにかがあった。大喧嘩がはじまるという期待を奪われた野次馬たちは、ぶつぶつ文句をいいながら動きだす。一分もたたないうちに、色とりどりの建物が両脇にならぶ大通りは、ふたたびのんきなにぎわいに満たされた。

ただ、キュリマンが倒れている場所にだけは群衆も近づかない。三本脚のことは眼中にないようだが、見るとお祭り気分が損なわれるので、よけて通っているのだろう。

ブルは意識を失った者に目もくれなかった。いずれ勝手に目ざめるだろうから。そのかわり、ドラクカーのことは気になる。ちいさな生物は、六本ある有柄眼の三本を使ってこちらをじっと見ていた。起きあがるのに苦労している。四つあるはさみのうち、ひとつが不自然に折れ曲がっていた。墜落のさい、負傷したようだ。

ドラクカーが話しかけてきたとき、甲高い声がどこから聞こえるのか、ブルにはわからなかった。からだの下側に発話口があるにちがいない。

「なぜ、わたしを助けたのです？」と、聞こえた。

ブルは自分の役割を忘れることなく、答えを返す。

「聞いただろう。強者が弱者を攻撃するのは、戦士の理念に反するからだ」

「その弱者がドラクカーだとしても？」

「わたしの知るかぎり、ドラクカーを例外とする規定は戦士の掟にないはず」

三本の有柄眼が高く起きあがる。澄んだ知性ある目で魂の奥底まで照らされているような気が、ブルにはした。

「あなたは戦士のこぶしをなくした人ですね」と、ちび。それは質問でなく、確認であった。

「そのとおりだ」

ドラクカーは数歩、足をちょこまか踏みだした。一本は負傷して使えず、引きずっているが、相《あ》いかわらず動きは速い。

「行きましょう」濃褐色をしたキチン質の甲羅の下からぴいぴい声が聞こえた。

「どこへ？」と、ブル。

「われわれ、話をしなければ」ドラクカーが答える。「善行には善行が返ってくるもの。どこか、じゃまされずに話せる場所を探すのです」

＊

その部屋は地下室のようだった。壁は殺風景《さつぷうけい》で、窓もない。ただひとつある発光プレートが、ぎらぎらと不快な明るさを投げかけている。

どうやってこの場所にやってきたのか、ドラクカーにいわれるまま、ついてきたのだが。二名はあれから脇道に入り、けばけばしく照明された小建物の列を通りすぎたもの。すると突然、案内していたドラクカーが無言で足を速め、ブルがそのテンポに合わせようとする前に、建物の角あたりで姿を消したのだった。最初は、逃げたのかと思った。ちびはそれまで、大げさといえるくらいに感謝の言葉を述べ、善行について話していたのだが。ブルがただの好奇心から、ちびを追って角をまわってみると……次の瞬間、この殺風景な地下室に立っていたというわけだ。

ドラクカーはかれの当惑に気づいたらしく、

「歳の市には不思議なことが山ほどあるのです」と、からかうようにいう。「折りたたみ通路もそのひとつ。だが、ここにあるものはドラクカーしか知りません」

〝折りたたみ通路〟とはどういう代物なのか、ブルは訊こうと思ったが、ちびはべつのことを考えているらしく、こういった。

「歳の市にやってきたことで、あなたは大変な危険にさらされている。かつては戦士のこぶしを持っていたのに、なくしてしまい、そのことによって追放者となったのだから。なぜ、わざわざ危険のなかに身を投じるのです？」

どういう事情なのか、話さずにおくこともできただろう。しかしいま、ブルはこのちいさなドラクカーにほぼ全幅《ぜんぷく》の信頼をおいていた。そこで、こう答えた。

「われわれ、戦士の軍勢の一員となってまだ日が浅い。戦士が何者かということも、その目的もわからないのだ。戦士法典は読んだが、内容はよくわからない」

「ああ！　知りたいことがあるのですね。情報がほしいということ。だったら、お役にたてると思います」

「きみが？　ということは、知っているのか……」

ドラクカーは二本の有柄眼をぐるぐるまわし、

「いえ、そういう意味ではありません。知識は他者を介してではなく、直接に入手しなくては。わたしが自分の知っていることを伝え、あなたがそれを耳で聞いたとしても、本当に理解したことにはならない。あなたのほしい情報が得られそうな場所を知っています。お望みならコンタクトをとりましょう」

ブルはドラクカーを見つめて考えこんだ。粗悪品ベトンのような印象のフォーム・エネルギーでできた簡素な床にしゃがみ、ちびのほうへ身を乗りだす。道路にひどくぶつかって折れ曲がったはさみ状の鉤爪は、驚くべき速さでもとどおりになっていた。ドラクカーはどうやら類いまれな再生能力を持つらしい。

「きみの名前は？」と、訊いてみた。

「ドラクカーには名前がありません」ちびの答えだ。「生まれつき、言語を持たない種族なのです。だから戦士の配下に入ったとき、発語と会話のための器官を特別につくる必要がありました。もしよければ、あなたが名前をつけてください」

ブルの頭は混乱した。ドラクカーとはどういう種族なのだ？　どうやってたがいに意思疎通するのだろう。目の前のちびが急に、自信を持ち威厳に満ちた賢者に見えてくる。ほんの半時間ほど前、催事場をうろついている客からひどい目にあわされたばかりなのに。ドラクカーは王子にかわって体罰を受ける小姓のような立場といっていい。にもかかわらず、豊富な知識を持ち、ちびがほのめかしたとおり、輜重隊のなかで重要な役割をになっているようだ。

「では、きみをウイスキーと呼ぶことにしよう」

「それはなにを意味するので？」

「飲み物の名だ」

「いいですね。液体はつねなる流転のシンボル。ドラクカーは海で生まれた種族なのです。その名前、とても気にいりました」

かれが口をつぐんだので、ブルはいった。

「コンタクトをとるといっていたが」

「もちろん、お望みなら。ただ、ほしい知識を手に入れるには対価を支払う必要があります。歳の市にいる連中は、はした金では動かない。充分な用意をしてきましたか?」

「ああ」

「よかった。そうでなければ、わたしが援助するつもりでいたので」

ブルは驚いた。このドラクカー、一分ごとに謎めいてくる。この、最下層民にもひとしいちびが、自分を援助するというのか?

「だが、その前に事前情報を頭に入れるべきでしょう」ウイスキーはつづけた。「わたしが教えてさしあげます。無料で。戦士の組織と関わり合う前に、現況を知っておいたほうがいい」

*

この数分間に次から次へとあらたな情報を浴びせられ、レジナルド・ブルは頭がぼうっとしている。ついていくのがやっとだった。ほとんどのことはすでに知っていた内容だし、多くは事実関係を予測していたとはいえ、永遠の戦士の組織について全体像を知らされたのは、これがはじめてだったから。

組織の頂点に立つのは、永遠の戦士その人である。半神にもひとしい存在だ。

将軍の役はエルファード人がつとめる。惑星ホロコーストで出会ったクルール、惑星クロレオンのヴォルカイルも、この種族だ。たいていハリネズミのような棘《とげ》におおわれた鎧《よろい》を身につけているため、真の姿はだれも見たことがない。各自がそれぞれ単独で作戦行動におよび、その結果、惑星の周囲や星系内に至福のリングが生じる。セポル星系に出動した者はメリオウンと名乗っていた。エルファード人はみな、全面的に戦士法典の影響下にある。〝法典忠誠隊〟には二派のグループが存在するが、その上位に位置するのがエルファード人ということ。

エルファード人将軍のすぐ下に、法典忠誠隊の下位グループ、護衛部隊がいる。多数の異なる種族が集まり、戦士の実動部隊を構成しているのだ。つまりは兵士で、例外なくウパニシャドの初期段階をおさめており、〝上級修了者〟の称号を持つ。護衛部隊の出自はさまざまでも、任務に用いる宇宙船タイプはそれと関係なく、いずれも画一的だ。ちびのウイスキーの推測だと、かれらはその航法テクニックをある上位者から……おそらく永遠の戦士だろう……伝授されたらしい。護衛部隊の宇宙船は、惑星ナガトの三十三衛星に〝起爆クリスタル〟を設置するという、いわゆる衛星叙階式のときに目撃されたもの。当然ながら、この護衛部隊も完全に戦士法典の支配下にある。

次に、自由忠誠隊。かれらはエルファード人将軍の直属ではなく、技術者や科学者など、作戦行動が円滑に進むよう気を配る役職についている。なかでも最重要メンバーとされるのがリング技師だ。その任務は、天体の残骸を至福のリングに変換するプロセスを計画・実行すること。自由忠誠隊も戦士法典に縛られてはいるものの、戦闘が本来の仕事ではないため、規則の解釈に関してはある程度、自由裁量の余地がある。もちろん、エルファード人の命令は絶対だが。

そして最後に、輜重隊だ。これは組織ではなく、むしろ公共機関のようなものだとブルは理解している。輜重隊員にとって戦士法典は意味をなさず、ほかからは名ばかりの同調者と思われているから。かれらの興味はただひとつ、金儲けだ。戦士が出動するらしいという噂を聞けば、どこにでもあらわれる。宇宙船のタイプは、博物館入りになりそうな年代物から最新型のヨットまで多種多彩だが、いずれも共通の駆動原理を用いる。エルファード人や護衛部隊や自由忠誠隊の船も同様で、すべてエネルプシ・エンジンだ。それがエレンディラ銀河での宇宙航行を引き受けている。

これら〝名ばかりメンバー〟のなかには、戦場で掠奪行為をする者、娯楽を提供する者、あらゆる麻薬をあつかう商人のほか、エンジニアもいる。それはつまり、歳の市を運営して催事場を建設する専門家ということ。早い話、歳の市をとりしきる者たちだ。永遠の戦士が軍勢をひきいてくる場においてはどこでも、ここセポル星系と同じく歳の市が催されるのだから。

輜重隊は非常に歴史が古く、恒久的葛藤の原理とほぼ同時に誕生したらしい。戦士や兵士に娯楽を提供してストレス解消させるという重要な機能をになっているのだ。歳の市はどんな趣味の者も満足させることができる。催事場で兵士のみならず将軍までも見かけるのは、なんら不思議ではない。また、法典忠誠隊ばかりが催し物のお客とはかぎらない。輜重隊には〝獲物狙い〟とか〝追いはぎ〟と呼ばれる連中が同行して、反抗的な星間種族と戦士との戦いで出た残骸でひと儲けをたくらんでいるのだが、かれらもまた憂さ晴らしに歳の市を訪れるのだ。その呼び名から輜重隊メンバーのなかで地位が低いと想像してしまうかもしれないが、そんなことはまったくない。戦場での掠奪行為は非常に名誉なこととされるし、追いはぎの多くはひとかどの財産をなしている。だから、歳の市の歓楽街においては上客なのである。

いまセポル星系で大騒ぎしている者たち以外にも、輜重隊は存在した。永遠の戦士は倦むことを知らない。紛争につながる葛藤のあるところ、次から次へと、軍勢がついていけないほどの速度で動きまわる。セポル星系が決定的状況を迎えるあいだに、エレンディラのどこか奥のほうでべつの大軍が、べつのエルファード人の指揮のもと集結し、次の葛藤に向けて準備をととのえている。すると、大軍の行くところに輜重隊があらわれる。どうしてか謎めいた手段で戦士の次なる作戦行動を聞きつけ、いまや伝統となった歳の市を開催するのだ。多数の輜重隊が存在し、それに関わる者は数十億におよぶ。ただ、戦士がどこに出現しようとも、そのお供はつねに同じ編成。将軍、護衛部隊、自由忠誠隊、名ばかりの同調者たちだ。

「で、これらすべてにどんな意味があるのか?」レジナルド・ブルはウイスキーが話し終えたあと、長い間をおいてから訊いた。「至福のリングはなんの役にたつ？　恒久的葛藤とはどういうものか？　永遠の戦士はいったいだれから、何十億あるいは何兆という知性体を服従させる権利をあたえられたのだ？」

「いいですか、友よ」ドラクカーの口調は警告めいている。「あなたは輜重隊員としては役にたちそうもありませんね。多くを考えすぎる。しかも、その考えは戦士に好意的なものではない。考えることじたいは自由ですが、不用意に口にしてはなりません」

「肝に銘じておこう」ブルは苦々しい気持ちで応じた。「だが、わたしの疑問はどうなるのだ？　きみは答えを知っているのか？」

ウイスキーは有柄眼の一本を振りまわして、

「さあ、どうでしょう。しかし、たとえ答えを知っているとしても、けっして教えはしません。あなたの質問はいずれも、永遠の戦士の信条における核心を突くものだから。自身で解明すべきです。自分で手に入れたものだけがあなたの知識となる」

このドラクカーからこれ以上の情報は得られそうもない。ブルはそう判断し、いらだちをおぼえた。やるべきことは山ほどあるのだ。

「コンタクトをとりつけてくれるのだろうな」と、ちびに思いださせる。

「ああ、もちろん」ウイスキーは熱心に応じた。「事前準備は終わりました。この建物を出て、大通りにもどりなさい。すると〝エリュシオンに興味はあるか〟と、だれかが話しかけてくるはず。その者についていくのです」

ブルは周囲を見まわし、

「出口はどこだ？」と、訊いた。

「どこでもいいから壁に向かって進めば、折りたたみ通路を使って外に出られます。ですが、しばしお待ちを、友よ。あなたには大きな危険がつきまとうでしょう。あなたは熱血漢で、脅しに屈することがない。このみすぼらしいドラクカーの味方をしてくれた。ここを去る前にぜひ、わたしからの贈り物を受けとってください。手を出して」

ブルはいわれたとおりにした。ちびの有柄眼が一本、前にのびてきたと思うと、右の手のひらに軽く触れる。一瞬、軽い電撃のようなむずむずした感覚があったが、それだけだ。有柄眼が引っこんだ。ブルは当惑し、なにもない手のひらを見つめてたずねた。

「いまのはなんだったのだ？」

「その質問はまちがっています。〝なんなのだ？〟が正解です」と、ウイスキー。「いま自分があぶない目にあっていると想像してみてください。で、わたしのことを考えるのです」

ブルはわけがわからないまま、いわれたとおりにした。目を閉じて精神集中する。ふたたび手のひらに軽い刺激を感じ、目を開けてみた。すると驚いたことに、護符のようなものがひとつ、手にのっているではないか。直径三センチメートルのメダルだ。透明プラスティック製のようだが、きっと物質ではあるまい。やわらかなヴァイオレットの光を発している。このメダルの一ミリメートル上で浮かんでいるように見えるのは、超越知性体エスタルトゥのシンボルのレリーフだった。正三角形の中心から角に向けてそれぞれのびる三本の矢だ。

「なるほど、わかった。で、これはなんなのだ？」と、ぼそぼそ訊く。

「庇護されるべき者のしるしです」ウィスキーは答えた。「それがあらわれるのは、あなたに命の危険がおよんだときのみ。どういうものか見せるために、いまだけ可視化させてみました。どんな輜重隊メンバーも、そのしるしには屈服するでしょう。これはあなたの意識と結合している。あなたが命に関わる危険を感じて不安をいだけば、それを感知します。そうなったら、わたしのことを考えなさい。しるしがあらわれるから」

ブルが右手をじっと見るあいだに、護符は光を失いはじめ、三本矢のある三角形も色あせていく。謎めいたメダルはかれの目の前で消滅した。かれはドラクカーに向かい、

「きみのことが理解できない」と、いった。「もっともさげすまれている存在だというのに、わたしを致死的危険から守る魔よけの護符をくれた。わたしがもとめる情報のありかとコンタクトをとれるという。秘密の部屋に通じる折りたたみ通廊のことも知っている。きみはいったい何者なんだ？　ドラクカー種族はなぜ、下層民の役を演じているのだ？」

ウィスキーはすぐには答えなかった。ようやく口を開くと、訴えかけるようにいう。

「それはわれわれの存在意義に関わる質問です、友よ。ひとかどのことをなそうとする者は、おのれに注目を集めてはならない。それがいわば、わが種族の人生哲学なのです。自分たちが人々の嘲笑の的になっても、知ったことではありません。いずれ、われわれは……」かれは突然そこで口をつぐんだ。しゃべりすぎたと思ったらしい。しばらくして、またつづけた。「あなたには関係のないことでしたね。いずれ輜重隊メンバーではなくなるのだろうし、べつの種族だから。ですが、おぼえておいてください。大衆がわれわれを……昔からそうだったように……みじめな弱者だと思いこんでいるかぎり、ドラクカー種族は力を発揮できるのだと。それはまた、あなたにあげた護符にも関係してくる話です」

「どんなふうに？」ブルは不思議に思ってたずねた。

「それをだれからもらったか、けっして知られてはならないから。あなたが死の危険を感じて護符に助けをもとめたとき、どこで被保護者の印章を手に入れたのかと訊かれるかもしれない。さっきいったように、その護符はあなたの意識と結合しています。もしもあなたがわたしの秘密をばらそうとしたなら、最初の言葉を発しないうちに、記憶はすべて消えるでしょう。印章も消滅してしまい、二度と使えなくなります」

ブルは手のひらを見つめて考えこみ、ようやく礼をいった。

「贈り物をありがとう。ただ、自分がこれを本当にほしいのかどうかはわからない。なにかに意識をつかまれている感覚ってのは、どうも好かん」

「返してもらったほうがいいですか？」と、ウィスキー。

ブルはしばらく考えてから首を振った。

「いや。わたしは困難な使命をかかえている。自分がこれから聞き知ることに、多くの者の運命がかかっているのだ。好き嫌いだけで決める権利は、わたしにはない」そういうと、頭をあげて、「きみの力が必要になるだろう。ともあれ、感謝する」

「賢者のごとき話しぶりですね」ウィスキーのコメントだ。

「わたしは老人なのだ。賢明さは年齢とともに身につくもの」

「早く行きなさい」ドラクカーは急《せ》かした。「あなたがどこにそれほど長くとどまっていたのかと、コンタクト相手はいぶかるはず」

ブルは手をあげて挨拶し、踵《きびす》を返した。殺風景な部屋の壁に向かって歩いていくが、最後の瞬間にためらう。衝突は避けられないような気がして、本能的に身がすくんだのだ。だがその瞬間、折りたたみ通路がその効果を発揮。気がつくと、細い脇道に立っていた。すぐ目の前に、ドラクカーのあとを追って角を曲がった建物があった。あれからゆうに一時間はたっている。

あたりを見わたした。脇道にはだれもいない。実体化の瞬間を見た者はいなかった。

2

イルミナ・コチストワはぼんやり考えこんだまま、目の前のちいさな生物を見つめていた。

キドは独特のポーズでシートの座面にうずくまり、くつろいでいる。脚をからだのほうに引きよせ、細い腕を膝に巻きつけていた。くっきりした眉毛の下の吊りあがった両目は知性と好奇心にあふれ、前方に突きでた嗅覚器官は動物の鼻づらのようだ。鼻孔がひくひく動いている。口はV字形で唇が薄く、かたく閉じているため、皺の多い灰色の顔のなかでどこにあるかわからない。キドは……すくなくともテラの基準では……美の見本とはいえなかった。背丈は一メートルだし、しょっちゅう醜いしかめ面をするので、おとぎ話に出てくる小鬼みたいな印象をあたえる。

その生物がふいに尖った口を開き、がらがら声のインターコスモでこういった。

「考えてばかりじゃなにもできないよ。行動しないと」

最初の言葉を聞いただけで、ミュータントははっとした。たしかに、自分は思考をどこか遠くにさまよわせていたのだ。

「自分のことをなにもおぼえていないあなたが、どこからそんな知恵ある言葉をくりだすの？」と、皮肉めかして訊く。

「なにか大きな出来ごとが迫っていることくらい、だれだってわかるさ」不機嫌に答えたキドは、膝に巻きつけていた腕の一本をゆるめて、ヴィールス船の周囲のようすをうつす大型ヴィデオ・スクリーンをさししめした。「セポルが最小期の終わりに近づいてる。数日後には第三惑星の周回軌道までのゾーンがもとどおりになる。そうなれば、永遠の戦士がぐずぐずしてると思う？　ナガトのまわりに至福のリングが完成するんだ。ナガト人には戦士の呪縛がのしかかる。あなたの友ロナルド・テケナーを救いだせるかどうかも、わからないよ。クロレオンでなにが起きたか、レジナルド・ブルから聞いたでしょ」

イルミナの思考はふたたび独自の道をさまよいはじめた。彼女はひとりでテラを出発したのだった……不運な者たちを癒し、病気を治すという目的を持って。そこで、かつてのヴィールス・インペリウムの残骸を用い、自分の目的に特化した宇宙船をつくらせたのである。全長と底部直径がいずれも三十メートルの円錐船だ。イルミナはこの船にずっとひとりでいたいと思っていた。だから、その意志に反してヴィールス物質から乗客用キャビンが生じたとき、しばらくむっとしていたのだ。しかもキャビンはひとつでなく、円錐の頂点近くの第四デッキに三つもある。

イルミナは二カ月半かかってエレンディラ銀河に到達した。計画を実行しようと、あちこちを訪れたもの。《アスクレピオス》には……それが船の名前だ……銀河系医療の最新技術を装備してある。それにくわえてメタバイオ変換能力者としての腕があれば、奇蹟にも似た治癒効果を患者におよぼすことができると考えていた。

自分と同じ能力を持つキドと出会ったのは、マガラという惑星でのことだ。かれは病んでおり、状態は絶望的に見えた。乗り物がマガラに不時着し、キド自身は昏睡状態のままメタバイオ性のシグナルを発しつづけて、これを浴びた惑星住民が例外なく突然変異に見舞われていたのである。イルミナはかれを昏睡から目ざめさせ、病を治療した。以来、キドが旅の道連れとなったわけだが、治癒プロセスが細胞再生に近いものだったため、かれは過去の記憶を失ってしまった。自分がどこからきたかも、どういう目的で宇宙航行していたかも、なにが原因でマガラに墜落することになったかも、すべて忘れている。それでも、学ぶことは好きらしい。語学に関しては天才的だ。わずかな時間でインターコスモをマスターし、セポル星系に到着して数日になるいまは、戦士の言語であるソタルク語を流暢《りゅうちょう》に話す。

マガラを出発してしばらくたち、エレンディラに向かう途中で、イルミナはレジナルド・ブルから通信連絡を受け、セポル星系にきてくれと要請されたのだった。《ラサト》から救難信号がとどいたという。彼女はためらうことなく要請にしたがい、恒星セポルの前庭で戦士の輜重隊が編成されるようすを目《ま》のあたりにした。このときはロワ・ダントンの《ラヴリー・ボシック》とブルの《エクスプローラー》も輜重隊にまじっており、あちこちで両ヴィールス船の要員が輜重隊メンバーとコンタクトをとっていた。そこで得た報告やイメージから、セポル星系でくりひろげられていることの全体像がおよそわかったのである。母星セポルをめぐる八惑星のうち第二惑星がナガトだが、その三十三衛星の上空に数日前、複数の異質な宇宙船が祭礼のごとく整列し、大量の起爆クリスタルを設置していった。一定時間後に衛星を破壊して至福のリングに変えるのが目的だ。衛星叙階式が実施されると、戦士の言葉は告げている。戦士カルマーが、ナガトに住む知性体に〝試験〟を課すと決めたのだ……クロレオン人やギイダーにしたのと同様に。ナガト人たちの発展状況や生活習慣を見たところでは、輜重隊についてほとんど知らないも同然らしい。衛星起爆のさいにカルマーその人があらわれるかどうか、憶測が飛びかっている。

ところで、セポルというのは非常に奇妙な恒星だ。変光星だが、大きさと光度が不規則な周期で異なり、最小期の表面温度と放射強度はスペクトル型G0のそれ、最大期にはF0になる。八惑星はいずれも長円形の軌道を描くが、もっとも極端な離心率を持つのはナガトの軌道で、惑星の動きと恒星セポルの振幅に明らかな関連があるとわかる。

ナガトが遠点にあるとき、セポルは振幅の一サイクルを三日で完了するが、遠点からはなれるにつれて、そのサイクルがのびていくのだ。惑星が近点にきたときには、一サイクルを終えるまで五十標準日かかり、最小光度の状態が四十日もつづく。恒星の光度の振幅が八つある惑星のひとつの軌道の特徴と一致するわけで、これが自然に生じた結果だとは考えにくい。

セポルはまちがいなく操作されている。それはおそらく、間近に迫った三十三衛星の起爆と関係があるのだろう。ちなみに、最小期のセポルはハイパーエネルギー活動が非常にさかんなため、その周囲では宇宙船の行き来も、通常通信およびハイパー通信も不可能だ。最小時におけるこの障害ゾーンは第三惑星の軌道あたりまでおよぶ。ロナルド・テケナーの救難信号から推察するかぎり、《ラサト》は第二惑星ナガトに墜落したのだと思われた。セポルはいま、長い最小期にある。この状況がつづくあいだは、テケナーと配下の乗員たちを救いだすことはできない。

「あなたのいうとおりね」イルミナは意を決めて立ちあがった。「なにもせずにいたってしかたないわ。とはいえ、いまのところテケナーに関しては手が出せないから、せめて法典分子にとりくみましょう」

キャビンを出て控え室に入り、上層デッキに向かう反重力シャフトに足を踏み入れる。目的のラボがあるのは第二デッキだ。キドもついてきた。イルミナはすこしのあいだ考えをめぐらせ、遍在する〝ヴィールス船の精神〟に話しかけた。

「どこまで進んでいたかしら?」

「法典ペプチドの、リンをまとった側鎖がひとつ再構成できています」やわらかく響く女声が答えた。「次の実験段階として、主鎖の合成を計画していました」

「そうだった」イルミナは思いだし、「有望そうな構造式を見つけだせたんだわ」

「実験の準備はととのっています。お望みなら、いつでもはじめられます」

「はじめてちょうだい。経過を見せて」と、ミュータント。

ヴィデオ・スクリーンがあらわれ、イルミナと船とで協力して見つけだした式が表示された。その隣りに、ポジトロン顕微鏡の映像がうつしだされる。実験中の細胞だ。長くのびて鎖状になった分子が見えた。数分が経過。温度を不規則に変化させるうち、あるパターンがつくられてくる。

「いいわよ」イルミナは褒めた。「このやり方で合っていると思う」

法典分子、またの名を法典ペプチドは、独特の性質を持つ。イルミナは《アスクレピオス》でセポル星系に到達してすぐに、惑星クロレオンでの出来ごとを聞かされた。レジナルド・ブルがストーカーの〝パーミット〟……のちに〝戦士のこぶし〟とも呼ばれる鋼の手袋……をつけるうち、みずから戦士になってしまったという。この手袋が装着者の意識を変性させる作用をおよぼすのは明らかだったが、ブルは最後の瞬間に危機をまぬがれた。手袋を脱ぎ捨て、燃えさかる恒星〝おとめ座の門〟に向けてほうり投げ、永久におさらばしたのだ。以来、ブルは〝戦士のこぶしをなくした男〟として、歳の市で嘲笑の的となる。戦士の神話の信者からすれば、法典の恩恵を剥奪された者ということだから。

その後、イルミナはロワ・ダントンのパーミットを借りていくつか測定をおこない、奇妙な手袋のなかに空洞をひとつ発見した。そこは有機分子で満たされており、その分子鎖構造を見ると、人間の胃腸にあって消化作用を受け持つ酵素をふくむペプチドとの共通点が判明。これがブルの意識を変容させたにちがいないと、ミュータントとの間に感じた。かれは手袋から放出されたこの分子を吸いこんだのだろう。このペプチドは段階的な中毒症状を引き起こす。ブルは危機一髪で呪縛から逃れたものの、数日間は禁断症状に苦しめられた。明らかに、もうすこしでとりかえしのつかない依存症になるところだった。いまでは回復したが。

それ以上の測定調査はできなかった。クカートン人の上級修了者エディム・ヴァルソンがラボに押し入ってきて、手袋をわたすよう要求したのだ。かれはセポルの手前で護衛部隊に合流するつもりでいるため、ロワ・ダントンの船に同乗しているのだが、選ばれた者だけが身につける戦士のこぶしをいじって品位を傷つけたといい、法典忠誠隊の一員として怒り心頭だった。イルミナは手袋を返すしかなかった。さもないと、クカートン人はラボを粉々に破壊しただろうから。

気がつけば、顕微鏡の映像が決定的な変化を見せている。いくつかの分枝を持つ、長くて太い分子鎖がひとつ形成されていた。自由粒子の数はしだいに減っていき、不可視の力に動かされるように巨大分子のほうへ向かうと、分枝のところに蓄積されていく。

「これです！」ヴィールス船がかくしようもない興奮をにじませていった。「法典分子を再構築できました！」

「よろこぶのはまだ早いわ」イルミナはいさめる。「あといくつか、側鎖を付加しないと」

「些細なことですよ」と、船。「最初の測定で、分子の物理的なふるまいが完全にオリジナルのものと一致したのですから。オリジナルというのは、惜しくもわれらが友キドの好奇心の犠牲になった物質のことですが」

鏃くちゃのグレイの肌を持つちいさな生き物は、わざと困ったふりをして身をすくめた。たたかれるのを恐れるように、両手で頭をかばっている。

イルミナは破顔した。数日前は、とても笑ったりする気になれなかったが。

セポルの前に集合した戦士カルマーの輜重隊のなかに、エルファード人ヴォルカイルの宇宙船もいた。ヴォルカイルは戦士カルマーの代理人としてクロレオンで五千年の時をすごし、最後の闘争では審判の役目をはたした。その宇宙船には、かつてレジナルド・ブルほか

《エクスプローラー》の乗員をさんざん悩ませたハンザ・スペシャリスト四名も乗っている。四名の代表ドラン・メインスターが、エルファード人は近ごろ妙におちつきがないと通信連絡してきてから数時間後、ヴォルカイルの船が輜重隊をはなれてスタートしたとき、イルミナはある予感をいだいてあとを追った。プシオン・ネットの迷宮を苦労しながら追跡し、ウルダランという惑星に着いた。エレンディラ銀河中枢部近くにある巨星の、唯一の惑星だ。

ウルダランは生命体にとって敵対的環境の灼熱地獄だが、大きなドーム形建物がひとつあり、そのなかではパラダイスのような光景がひろがっている。イルミナがどうにかドームに足を踏み入れると、八本脚だという以外はラマに似た動物がひろい草原で草を食んでいた。呼吸のさい、霧のような物質を吐きだしている。ミュータントはまた直感にしたがって、この物質をラマの呼気にふくまれる成分が、ロワ・ダントンの手袋に発見した法典分子を高濃縮したものだとわかっても、ほとんど驚かなかった。

そこからは、ものごとを関連づけるのはたやすかった。ヴォルカイルは法典分子の中毒者で、謎のペプチドの一定量を定期的に摂取する必要があるのだ。ペプチドの役割は明らかで、中毒者の意識に法典への絶対的忠誠心を生じさせること。イルミナは動物の呼気を検体として採取し、自船にもどろうとした。だが、途中で見つかってしまった。惑星の前庭にある致死的な防御要塞の輪をぶじに通過してセポル星系に帰ってこられたのは、ひとえにヴィールス船の深い配慮のおかげだ。

そのあと、例の事件が起きる。キドが動物の呼気の検体を手に入れ、法典ペプチドを吸いこんでしまったのだ。その作用は即座にあらわれて、キドはみずからを戦士と認識し、船内で暴れまわった。イルミナは必死にそれを押さえつけ、どうにかスキャナーにゆだねた。キドはこわばって動かなくなり、つい先ほど硬直が解けたばかりだ。この事件はイルミナにとり、大きな意味を持つものとなった。〝法典熱〟に……これは法典中毒になる前段階のこと……罹患した者を、スキャナーを使って治療できるという証拠を得たのだから。法典ペプチドが完全に合成できるようになり、拮抗薬を開発するまでのあいだは、スキャナーが段階的解決に寄与するだろう。

イルミナはヴィデオ・スクリーンを観察した。最後の自由粒子が消え、実験材料はひとつの巨大ペプチド集合体になっている。

「これが原パターンです」《アスクレピオス》が宣言する。「実験の各過程はすべて記録してあるので、何度でも再現できます」

「これは側鎖を使った実験ね」と、イルミナ。

「次にとりかかります。いずれ……あ、お待ちください。《ラヴリー・ボシック》から呼びかけを受けました。応答しますか?」

実験をじゃまされるのは好きじゃない。しかし、重要な用事でなければ呼びかけてこない相手だということはわかっている。だから、こう答えた。

「もちろんよ」

実験結果の映像が消えて、かわりにロワ・ダントンの姿がうつしだされた。かつての自由航行者の王は真剣な顔で、すこし緊張しているようだ。

「ついにきたぞ、イルミナ」と、ダントン。「リング技師のもとを訪問できることになった。メリオウンみずから伝えてきたのだ。一時間後にスタートする。きみにも同行してもらいたいのだが」

イルミナはうなずいた。

「行くわ」

＊

これほど調子に乗るとは思わなかった。クカートン人エディム・ヴァルソンのことである。司令室の中央に立ち、ウパニシャドの上級修了者にして勇士にふさわしい、なんとも尊大な口ぶりだ。環状のふくらみがとりまく〝ずだ袋〟のような胴体を、そこから突きでた八肢が支え、胴体の上には赤いひとつ目の鎮座する球形頭部がある。からだは絹に似た材質の黄色いコンビネーションですっぽりつつまれ、見えているのは八肢の繊細な先端と、頭部だけだ。肉づきのいいむらさき色の唇が絶え間なく動いている。さっき述べたとおり、大言を発しているのだ。母語のクカートン語ではなくソタルク語で。

永遠の戦士に仕える一兵卒としては、当然のことなのだろう。

「畏れ多くも偉大なる総司令官メリオウンが、こぶしの保持者にリング技師の工廠《こうしょう》への訪問許可をくださった。このようなご深慮に対しては、それ相応の同行者をともなうことで感謝の意を表する必要があろう」

このように大げさないいまわしを聞かされて、ロワ・ダントンはひと言いわずにいられない。傾聴をうながそうと左手をあげた。その手から下腕の二十センチメートルほどまでを、ストーカーのパーミットが袖の折り返しのごとくおおっている。エディム・ヴァルソンはたちまち黙りこみ、畏敬をこめて聖なる戦士のシンボルを見つめた。

「メリオウンのはからいは高く評価する」ダントンはいった。「しかし、かれがそうしない理由はなかろう。わたしは戦士のこぶしを保持しているのだぞ。その気になれば、わたしがエルファード人に命令をあたえ、かれはそれにしたがうのだ」

周囲から同意のつぶやきがもれた……とくに、主ハッチ近くに立っているルビン人四名から。ホワルゴニウム惑星の住民で、背が高く、見た目はテラのカンガルーそっくり。この男女二名ずつのルビン人は、テラで《ラヴリー・ボシック》の要員となった。ロワ・ダントンのもとで自由航行主義を復活させるというスローガンの熱烈な支持者なのだ。ロワ船のメンターである巨大シガ星人のチップ・タンタルも、意見を述べることにしたらしい。反重力システムを使って天井下を浮遊し、音声増幅装置から声を響かせた。

「そのとおり！　戦士のシンボルを持つ者がいまなお支配者だ」

アンドロイドのジョー・ポリネーゼは、はなれた場所で黙っている。スーザ・アイルとルツィアン・ビドポットに精神をコントロールされなくなり、ほうっておかれるようになって以来、あまりしゃべらない。身長一メートル九十センチ、肩幅はひろく筋肉質だ。ポリネシア人の純血種を手本としてつくられている。実際、ロワ・ダントンに合流する前は、テラで旅行者向けの教育・デモンストレーション目的で使われていた。長い年月がたつうちに混血が進んで消滅した原型の姿をいまにのこすものとして。

デメテルも黙ってロワの隣りに立っていた。からだにぴったりしたコンビネーションの淡いグリーンが、瞳の色と競い合っている。彼女は議論のようすを興味深げに追っていた。

ダントンは左手をふたたびおろした。エディム・ヴァルソンにとっては、自分が話をつづけてもいいという合図だ。

「わたしの言葉が無礼に響いたとすれば、お許しいただきたい」と、クカートン人。

「むろん、あなたは戦士のシンボルの保持者。永遠の戦士その人をのぞいて、だれもあなたに指示することなどできない。わたしがいいたかったのはただ、大軍のなかでは形式というものが重んじられることと……」

「どのような形式か、きみはよく知っているのだろうな」ダントンがさえぎった。

「細かい点まで知っている。それがウパニシャドの教えだから」クカートン人は答え、話のつづきを口にした。「あといいたかったのは、リング技師のもとへは充分な数の随行団を連れていかないと、あなた個人の名誉に傷がつくということ」

「わが地位にふさわしい同行者を連れていこう」ダントンは動じることなく応じ、おのれの立場が不可侵であると知る者の冷静さを見せた。本心では、これほどすんなりエディム・ヴァルソンが折れたので安堵していたが。「ここにいる者はほぼ全員、わたしに同行する。くわえて、専門家が数名。すでに連絡はしてある。半時間後に出発だ。それまでは瞑想の時間を持ちたい」と、威厳をもって伝えた。

＊

自室キャビンに着くまで待てない。すでに途中で、ロワ・ダントンは戦士のこぶしを左手からはずしていた。レジナルド・ブルがどうなったか知らされて以来、この奇妙な道具をつけていると不安になる。好むと好まざるとにかかわらず、手袋をつけなくてはならない状況があったのはたしかだが。戦士のこぶしは選ばれた者のしるしだ。これがなかったら輜重隊の面々や、とりわけエルファード人とわたりあうことは、ほとんどできなかっただろう。これをつけるときはいつも、手袋のことを考えないようにしている。

とりこまれてはならない。ブリーはこれと精神的に対決しようとして、不運に襲われたのだから。

あと半時間を瞑想ですごすというのは、あながち的はずれではなかった。選ばれた者としては、できるだけ瞑想という言葉を口にするのが好都合なのだ。どんなかたちでも永遠の戦士に近い立場にいる者はすべて、一定の間隔で瞑想にはげむことになっているから。

キャビンに着いたダントンは、飲み物を所望した。デメテルとシェアしている室内は、おもにウィンガーのイメージに合わせてヴィールス船がしつらえている。冷たくてうまい飲み物をときどきすすりながらくつろぎ、自分の状況について思いをめぐらせた。

もうすこし先を見通せたらいいのだが、と、思う。志を同じくする一万名の仲間とともにテラをスタートしたのは、宇宙の奇蹟をこの目で見て、古きよき自由航行主義の理想にふたたび浸るため。なにものにも縛られなかった日々……かのラヴリー・ボシックが自由商人の皇帝で、自分が王だったときの遠い過去……を焦《こ》がれる思いが、異郷への憧れと同じくらい強かったのだ。力の集合体エスタルトゥにあるというエレンディラ銀河に、かれは魅了された。超越知性体エスタルトゥの使者で、テラではストーカーと呼ばれているソト＝タル・ケルがエレンディラのことを、息をのむほどきらびやかに描写してみせたから。

それが突然、気がつけば戦士にまつわるごたごたに巻きこまれていた。エレンディラ全域はおろか、力の集合体すべてを包摂する舞台で、〝恒久的葛藤〟という名のグロテスクなショーがくりひろげられていたのだ。そして《ラサト》の救難信号を受けることになる。セポル星系に到達すると、まず、そこには輜重隊の大軍がうようよいた。大がかりな催し物を開くという、よくわからない理由のために派遣された者たちだ。次にかれは、恒星セポルが変光星であることに気づいた。セポルはその振幅サイクルにおいてある一定期間、宇宙空間を強いハイパーエネルギーで充満させる。そのため、《ラサト》が救難信号を発してきた第二惑星への航行は不可能だった。

セポル星系に向けてスタート後まもなく、シャドの上級修了者すなわちエディム・ヴァルソンが《ラヴリー・ボシック》のヴィーロ宙航士にくわわった。永遠の戦士の護衛部隊に合流するため、やはりセポルをめざしていたからだ。ダントンはヴァルソンを通じてはじめて、永遠の戦士の複雑なシステムや恒久的葛藤の哲学について知らされる。しかし、ヴァルソンの話はすべて理論やイデオロギーに終始した。永遠の戦士の行動について、なかに《エクスプローラー》を見つけたときにはほっとした。だから、輜重隊のなかにレジナルド・ブルから目撃情報を聞くことができたので。

戦士のこぶしは権威のシンボルとして使えるとわかった。さっきダントンはヴァルソンに向かい、こぶしの保持者はエルファード人メリオウンよりも上位者だと理解させたが、自身はそれを疑っている。こぶしは選ばれた者のしるしで、戦士から特段の恩恵を受けることになってはいるが、メリオウンはセポル星系での作戦をひきいる将軍であり総司令官なのだ。そこらにいる異人がただ左腕にブリキの袖をはめているというだけで、屈服したりはしないだろう。

上は将軍から下はたんなる一兵卒にいたるまで、輜重隊メンバーとの意思疎通はむずかしい。ヴィーロ宙航士たちにはどこか、じつは戦士のコンセプトにそぐわない雰囲気が漂っており、エレンディラ銀河の住人はすぐにそれに気づくからだ。ふだんダントンのことを最大限の畏敬をこめて〝戦士のこぶし〟とか〝鋼のこぶし〟とか呼んでいるエディム・ヴァルソンでさえ、ときおり反抗的なところを見せる。うぬぼれた調子で、よくこんなことを口にしたもの。

「あなたはこぶしの保持者。だが、それをどうやって手に入れたのかは、闘争の精霊のみぞ知る」

また、レジナルド・ブルが手袋を失ったことはいつのまにか輜重隊のなかで知れわたっている。これもダントンには不利に働くだろう。かれとブルが同族であることは、どんなに頭の悪い輜重隊メンバーでもわかるはずだから。

自分にどんな特権や資格があるのか、ダントンにはまったくわからない。暗闇で手探りしているようだ。最初、かれの興味は明らかに苦境にある《ラサト》を救いだすことだけだった。だが、個人の自由をなによりだいじにするヴィーロ宙航士でも、永遠の戦士がエレンディラ銀河の住民に対してもたらしている苦しみに背を向けたら、魂が損なわれてしまうだろうとレジナルド・ブルはいっている。その話を聞かされるうち、ダントンもしだいに納得するようになり、ブルの主張を受け入れることにした。たとえ《ラサト》の救出に成功しても、苦しむナガト人を助けるためにせめてなにかしないうちは、セポル星系を去るまいと決意する。

とはいえ、まずは使える手段を知る必要があった。鋼の手袋はどれくらい価値があるものなのだろう。ナガトで進行中の出来ごとに介入できるほどの権威を持つのか？　ソト＝タル・ケルからわたされたといったら、有利に働くだろうか？　エディム・ヴァルソンは〝ソト〟がなにを意味するか知っていた。ソトは永遠の戦士の天空にあらわれる伝説的存在で、将来いつの日かこの宇宙に実体化する、神にもひとしい者だという。そのソトがよりにもよって、はるか遠くはなれた銀河の種族のもとに最初に登場したというのが、クカートンの上級修了者には信じられないようだった。

ほかにソトについて知る者はいない。エスタルトゥの意味もまったく不明だ。いまの自分の知識は役にたたないと、ダントンは思った。《ラサト》を救いだすにも、恒久的葛藤の哲学に対するブリーの改革運動に協力するにも、まずはみずから情報を手に入れなくては。

リング技師のもとを訪ねることは、その目的にかなうだろう。至福のリングは戦士の活動にさいし、重要な役割をはたしている。リングはこれまで考えていたようなただのシンボルではなく、なんらかの機能をになっているのだ。その機能を見つけだそう。それが次の一歩につながるはず。

「女性のお客さまです」と、船が告げた。

ダントンはグラスをわきに置いて立ちあがる。

「通してくれ」

ハッチが開くと、イルミナ・コチストワが戸口に立っていた。ダントンのいるリビングルームを見わたし、テーブルの上にあるストーカーのパーミットに目を向けると、

「あなたはこれをコントロールできている？」と、真剣な口調で訊いてきた。

「これのことを考えないようにしているよ。そうすれば害はない」ダントンの答えだ。

「よかった。リング技師のところへ向かうあいだ、わたしが気をつけて見ているから」

ミュータントはそういうと、「ところで、すこし希望の持てる話があるの。法典熱の特効薬がじきに完成するわ」

3

にぎわう大通りのなか、レジナルド・ブルはあてもなくゆっくりと歩いていた。あらゆる姿かたちをした生物がそばを通りすぎるが、かれに注意をはらう者はいない。だれもこちらに興味を持たないというのは、じつに好都合だ。

ぶらぶら行きながら、建物にかかるどぎつい発光看板を観察したり、不可視のフィールド・スピーカーから流れてくる呼び声に耳をすませたり、あれこれ説明してくるホログラム映像を楽しんだりした。看板に書かれている内容は半分も理解できない。ほとんどは未知の娯楽や催し物だから。それに対し、客を呼びこむ露店の声はわかりやすい。あちこちで商売をしている。なにをあつかっているのか知らないが、高価な物品がやりとりされるのを見た。

大通りは全催事場をつらぬいてのびているようだ。基部が透明になった場所がいくつかあり、ブルがエアロックから出て気づいたときと同じく、そこから建物の輪郭がずっと下まで見通せる。かれはときおり上を見あげて、ドラクカーのいっていたエリュシオンがあるかと探した。だが、そこにはミルク色をした代用品の空がひろがるばかりで、なにも目を引くものはない。通りの両側の建物はしだいに大型でつくりが豪勢になり、もうさほど混雑しなくなってきた。建物のあいだに無数の交差路があって、催事場の別領域につながっている。

そんな脇道のひとつへ入る場所に、ゆがんで曲がった木の支柱が一本あった。建物の角のところに立っていて、光るフォーム・エネルギーだらけのなか、明らかに場違いな印象だ。ブルはよく見ようと近づいていった。支柱の表面に、鱗《うろこ》のような淡褐色の木目が入っている。ブルが手をのばして奇妙な物体に触れようとしたそのとき、すぐ目の前に円形の開口部が生じ、うつろな声が聞こえてきた。

「さわるな。ステクティト種族にさわるのは無礼なことだと知らないのか？」

ブルは驚いて一歩さがった。触れようとしていた手は、あがったままだ。

「そんな木切れに変装しているのだから、好奇心をいだかれたって不思議はあるまいに」と、そっけなくいう。

「輜重隊のメンバーならだれでもステクティトのことは知っている」と、威厳ある声が応じた。「あんたは異人にちがいない。戦士の軍勢に入ってまだ間もないのだな」

「そのとおりだ」ブルは認める。

かれはこの支柱に興味津々《きょうみしんしん》だった。近くで見ると、最初に思ったほど均等な外観でないのがわかる。下から三分の一のところでふた股に分かれ、そこから竹馬みたいな脚が四本生えている。四本ぴったりくっついているので、岩のごとく動かない物体に思えたのだ。しゃべるときだけあらわれる口のほかに感覚器官は見あたらない。腕を探したが、見つからなかった。脚が四本あったところで、二メートルをこえる細長いからだのバランスをつねにたもつのは、むずかしいのではなかろうか。

「知らなかったのなら許してやろう」と、ステクティト。「意図的に無礼を働いたわけではないはずだから」

ブルはテラの古い慣習にしたがって、帽子のつばに手をかけるようなしぐさをする。

「悪気《わるぎ》はなかった」友好的にそういい、踵を返そうとした。

「まあ待て、そう急ぐな」支柱はかれを引きとめて、「あんたのような者を見かけることはめったにない。わたしの持っている説明書きに当てはまるかどうか、考えているんだが」

ブルははっとした。

「説明書き？」と、いぶかしげに訊く。

「エリュシオンに興味はあるかね？」ステクティトが問いかけてきた。

＊

「なんなのだ、エリュシオンとは？」レジナルド・ブルはたずねた。

支柱生物のからだの表面に突然、バラ色の毛束が出てきた。毛束はわさわさと波打つような動きをする。それにどういう意味があるのか、ブルにはわからない。

「エリュシオンにはすべてがある」ステクティトの声は力強く、確信に満ちている。「およそ想像するかぎりの遊興、娯楽、刺激、気晴らし……そのほかなんでも提供できるぞ」

「だったら、連れていってくれ」ブルはすぐにきっぱりいった。

「待て待て」支柱がいさめる。「そうかんたんではない。エリュシオンは安くないぞ。そこでもてなしを受けたければ、まずは先立つものが必要だ」

「おっと、そうか」ブルはポケットに手を突っこんだ。すでに一度、そこから宝物を出している……数時間前、ナスヴァヌのツィラーに入場料を支払ったさいのこと。「これでどうだ」

かれはステクティトを鋭く観察した。自分の出したものに相手がどういう印象を持つか、知りたいと思って。ところが、支柱生物はなんら反応を見せない。いつのまにかバラ色の毛束も動きをとめ、からだのなかにもどってしまっている。

「たいしたことないな」と、支柱は軽蔑の口調でいった。「これじゃ、ひとつかふたつのコーナーを見てまわれるだけだ」

ブルはがっかりしてみせた。とはいえ、輜重隊を構成する種族の多くが高度発達技術を持ち、テラのマイクロシントロン技術にもたいして感銘を受けないだろうことは、むろんわかっている……ツィラーのような生物はおそらく例外で、さほど技術が進歩していない文明の出身なのだ。ただ、ブルも真に価値ある財産をすぐに目の前に出すつもりはなかった。

「ずいぶん金のかかるところらしいな」かれはぶつくさいい、マイクロシントロン部品をしまいこむと、こんどはべつのポケットから極細の合成繊維をひとつかみとりだした。光の当たり具合によってオレンジ色にもヴァイオレットにも見える。

「超高密度シグナル導体か」支柱生物が訳知り顔にいう。ブルは内心、かれの知識に舌を巻いた。「さっきのよりはいい。充分な数があれば、エリュシオンを半分は見てまわれるだろう」

「ゆすり屋め!」ブルはののしった。「わたしが半年は働かないと手に入らないほどの価値があるんだぞ」

「だったら、もっと安く入れるところを探すんだな。エリュシオンに行くためにあんたが貧乏になるのは忍びない。とはいえ、一度われらが楽園を訪れたなら、けっしてその出費は惜しくなくなると保証する」

ブルはよく聞きとれないことをぶつぶついうと、ポケットのどこか、底知れぬほど奥深いところを掘り返した。極小のスイッチ部品をつかみとり、わざとそのなかにひとつ、人間の目玉ほどの大きさもないクリスタルをまぎれこませる。それらを手のひらにのせてさしだすと、思ったとおり最初はステクティトはなんの反応も見せなかった。円形の口を開き、軽蔑的なコメントを発しようとする。ところが突然、支柱全体に衝撃がはしったようになり、消えていた毛束がふたたび表に出てきた。細いバラ色の毛が前方へとのびて、ブルの手にある宝物をかきわけ、クリスタルが見えるようにする。

「これをいくつ持っている?」ステクティトは早口にいった。ちっぽけなクリスタルに欲をかきたてられたらしい。「ヴァリオ振動結晶体だ! これがあれば……」

そこで口をつぐむ。うまく商売したければ、あからさまに興奮してみせては不利だと気づいたのだろう。ブルはそしらぬふりをして、

「二、三個かな」と、そっけなく答えた。「これで充分だろうか?」

「金持ちなのだな。エリュシオンはよろこんであんたを客として迎えるだろう。ついてくるのだ」

ステクティトは歩きはじめた。奇妙な生物の竹馬脚が四本に分かれ、竿を刺すように慎重な動きで、十字路の角のひとつにある建物の側壁に沿って進んでいく。入口がひとつ、ひとりでに開き、そこで支柱は立ちどまった。バラ色の毛束のひとつを水平にのばし、明るく照明された一本の小道をさししめす。

「こちらへ」と、支柱生物。「エリュシオンに案内しよう」

ブルはためらわずにしたがった。危険はないと感じている。あくどい商売相手の欲をかきたてたとはいえ、こちらが高級品をどれくらいさしだすつもりかわからぬうちは、なにもしてこないだろう。

千六百年ほど前の出来ごとを思いだす。この結晶体をつくる物質一グラムの値段がゴールドの一万倍にもなった時代があったもの。

ホワルゴニウムよ、と、ブルは思う。おまえがいなければ、わたしはどうなっていただろうな？

＊

ステクティトに案内されたのは、長くのびたホールのような空間だった。透明屋根のついたボウル形グライダーがいくつかとまっている。たっぷり支払う客は、エリュシオンまで徒歩で行く必要がないわけだ。遊興施設の法外な値段には無料輸送費もふくまれるということ。

レジナルド・ブルは、ステクティトがどうやって乗り物のハッチをくぐるのかと観察した。支柱のようなからだには関節がいくつもある。事実、支柱生物は驚くほど巧みに動くことができた。棒のようなからだはあちこちで折れ曲がり、ハッチの幾何学的形状に対応している。

グライダーのエンジンが作動すると、ホールの後壁が非物質化した。機はスタートし、急上昇する。色とりどりの建物や交差路がある長い大通りも、楽しみをもとめてあふれかえる客たちも、はるか遠くに去った。外は靄《もや》がかかったようになるが、明るさは全体的に増していき、下界の景色はついに靄にのみこまれた。あちこちに多彩な光が射している白くまばゆい霧の壁のなか、グライダーは疾駆する。

風景は予想もしない変化をとげた。飛行機が雲の天井を突きぬけるごとく、グライダーが霧の層を突破したのだ。きらめく霧の上に、目を射るような青い空がひろがっている。痛みをおぼえるほどまばゆい光がどこからくるのかはわからない。人工の青空は、それじたいが輝いているように見える。

この明るさのまんなかに、巨大な球がひとつ浮かんでいた。銀色に光るそのようすは、下界にあった色とりどりの建物や誇大広告の露店とくらべると、えもいわれぬ上品さだ。表面には傷ひとつなく、まったく凹凸《おうとつ》も見られなければ、装飾さえない。

「これがエリュシオンだ」ステクティトの口調には、ゲストの感動を期待していることがありありとうかがえた。「このお祭り広場が……いや、ちがった……この歳の市が誇る、遊興施設のきわめつけ！」

「入場料が高いことでもきわめつけだな」と、ブルはうなる。

グライダーが輝く球体に近づくにつれ、その大きさを誤って見積もっていたことがわかってきた。エリュシオンはかれが最初に考えていたよりもずっと大きい。目の前にそびえる銀色の外殻をちらりと見て、グライダーの前で格納庫エアロックが開いたとき、その大きさと比較してざっと概算する。エリュシオンは直径ゆうに一キロメートルはあるにちがいない。

球は催事場にあるほかのすべてのものと同じく、フォーム・エネルギーでできている。ずいぶん贅沢なことだと、ブルは思った。これをつくるためのエネルギーをエントロピーの低い連続体から吸引する……つまり、そこに栓をあけてエネルギーを吸いだす……だけでも、ものすごい数のマシンが必要だろう。それにくわえて、マイクロコンピュータとプロジェクターもいる。設計構造のかたちを定義するのはコンピュータだ。プロジェクターは必要に応じてエネルギーをフーリエ解析し、プロジェクションを〝再生する〟インパルスを一秒に十回ないし二十回送ることによって、それが安定した固体であるかのように見せる役目をはたす。消費量はフォーム・エネルギー構造の体積に比例して多くなり、体積じたいは直径の三乗で増えていくため、直径十メートルの球のプロジェクションをつくるには、直径五メートルの球に必要な量の三十二倍のエネルギーを消費するわけだ。節約という言葉はここでは無縁である。費用は客がまかなうのだから。

ブルの乗ったグライダーが格納庫に入るすこし前にも、あと四機が巨大球に近づいてくるのが、輝く霧の層の上に見えた。どうやらエリュシオンでは閑古鳥《かんこどり》が鳴くことはないらしい。

格納庫ホールには下界の催事場にもどる客待ちの乗り物が十二機、待機している。支柱生物はその隙間にグライダーをとめると、ハッチを開いて降機した。

「あそこに通路がある」と、ホール奥の壁をさししめして、「赤い発光マークでわかる。そこを通っていくと、クーリノルという者が待っている。種族名はメルラーだ。なにか要望があれば、かれにいうといい。あと、ウリポールにここまで連れてきてもらったと伝えてくれ」

「それがきみの名前だな？」ブルは訊いた。

「そうだ。あんたが支払う代価のいくばくかが、わたしの分け前となる。そうやって日銭を稼いでいるのさ」

ブルはうなずき、

「きみのことを有能な客引きだと褒めておこう」

踵を返すと、ステクティトにいわれた場所へ向かって歩いていく。壁にあるのは赤い発光マークだけで、ドアは見あたらない。ブルはウイスキーが〝折りたたみ通路〟について説明したことを思いだし、今回はためらわなかった。壁が迫ってきて、衝突は避けられないように思えても、歩みをとめずに進んでいく。壁の二メートル前に浮かんでいる発光マークをするりと通りすぎた。

するとみるみるうちに、あたりの景色が変化した。

＊

その光景を見れば、娯楽の殿堂エリュシオンがどのように運営されているのかわかる。ブルは魅了された。いまいるのは陽光が降りそそぐ明るい部屋で、どこを見てもテラによくある別荘のメインラウンジそのものだ。こちらにすわり心地のよさそうな脚つきカウチがあると思えば、あちらには小型の丸テーブルと椅子三脚の応接セットがあるといった具合。通信コンソールや、望みの飲食物がなんでも出てくる、家具に似せた自動供給装置までそなわっていた。正面の壁は三分の二までが大きな窓になっていて、日の光が一部さえぎられて入ってくる。室温は摂氏二十三度だ。

窓の外には想像を絶する田園風景がひろがっていた。緑の藪の向こうはのどかな草原だ。木々の生い茂る山が遠くに見え、草の上にところどころ小道が通っている。軽《かろ》やかな音をたてて流れる小川がしずかな湖に注《そそ》ぎ、水面ではときおり魚がはねる。まさに平和そのものの図だった……むろん、すべて人工の風景だが。

ブルが感銘を受けたのは、この風景がいかに自分の訪問に合わせてつくりだされたかという、そのやり方に関してだった。部屋の調度も、陽光のスペクトル調整も、仮想の窓の外にある仮想の景色も……すべてが一テラナーのなかに染みついている故郷をしのばせるものとして、これ以上は望めないほどの出来だ。だが、テラはエレンディラから四千万光年の彼方にある。セポル星系で歳の市を催している者のだれひとりとして、そこを訪れたことなどないはず。自分はここにくるあいだ、観察されていたのだ。姿かたちやウリポールに対するふるまいを見て、こちらのメンタリティや生活習慣を推しはかったにちがいない。これは〝形態再現〟と呼ばれ、ある生物の外見から居住空間の性質や日常の習慣を推論する技術である。エリュシオン宮殿の支配人は、この技術をきめ細かく習得しているらしい。

　そのとき、声が聞こえた。戦士の言語を使って話しかけてくる。

「エリュシオン滞在のあいだ使っていただく部屋です。お気に召しましたかな？」

　ブルはゆっくり振り向いた。部屋の正面の壁にドア枠があるのは最初に気づいていたが、ドアが開けられた形跡はない。目の前に、一生物が浮遊していた。この相手には、ドアという原始的なしくみを使って部屋を移動する必要などないということ。その気になればかたい壁でも通過できるのだ。

　相手は一部しか実体化していない。出来の悪いホロ・プロジェクションのようだ。そのからだを通して、部屋の調度が透けて見える。全体に不完全でぼやけているが、それでもヒューマノイドの姿ではあった。客の外見に合わせようと苦労した結果なのだろう。

「きみがメルラーのクーリノルか？」ブルはたずねた。

「いかにも」と、霧のような姿が答える。

「ここへはウリポールに連れてきてもらった。そう伝えるよう、たのまれたのでね」と、ブルはいい、「きみに支払うぶんの分け前を期待していた」

「心配ご無用です」影めいた生物は親しげな笑みを浮かべた。

「かれは信頼できる客引きだな」と、ブル。「相手に対してエリュシオンに興味を持たせるやり方を知っている」

「ウリポールの話はいいのです。かれのあつかいなら知っていますから。それより、あなたのことを話してください。ここを訪れた理由はなんです？　どういった種類の娯楽がお好みで？」

「すぐには答えられんな。エリュシオンになにがあるのかわからないうちは」

「望みをいってくだされば、こちらで……」

「いや、そうはいかない」ブルは相手の熱心な言葉をさえぎった。「まず、どんな娯楽があるのか見てまわりたい。そうしたことは可能だと思うが」

「この宮殿ではどんなことでも可能です、たっぷり支払ってさえくれれば」クーリノルの返事だ。「〝どんなことでも〟ですよ」

「まったく、ここでは客の支払い能力ばかりが重視されるのか」ブルはつっけんどんにいった。「エリュシオンで楽しい思いをするにはどれくらいの代価が必要か、ウリポールもそればかりいっていた」

「あなたはひろく世界をまわってきたお人だ」と、クーリノル。「顔に賢明さがあらわれている。だからわたしと同様、よくご存じのはず。わたしのような運営者は、純粋な隣人愛からただで楽しみを提供することになど、これっぽっちも興味ありません。商売は金を稼ぐためのもの。ここでは戦士の歳の市のどこにもない最良の娯楽を提供します。エリュシオンは比類なき存在で、われわれの広告ターゲットは支払い能力の高い顧客です。ウリポールがそう説明したと思いますが。充分な代価がないならエリュシオンを訪れるべきではないと、はっきり告げさえしたのではありませんかな」

「そういわれた」

「その話はまだ生きています。われわれがあこぎな商売をしているとお思いなら、立ち去ってくれてかまいません。下界へもどる手配をさせましょう」

「そんなことはいっていない！ここにどんな出し物があるか、ざっと見せてくれ」

「わかりました。では、いかほど出していただけるので？」

ブルは思った。メルラーがこちらの懐具合を知っているのはまちがいない。ウリポールと最初に言葉をかわした瞬間から、きっと観察されていたはずだ。おそらく、そのための装置がステクティトのからだについていただろう。

「これで、どのくらい見てまわれる？」ブルは狙いを定めてちいさなホワルゴニウム結晶をひとつつかみ、相手に見せた。

「ヴァリオ振動結晶体ですな」クーリノルは感銘を受けている。「テーブルの上に置いてください。それで五時間のあいだ、エリュシオンの〝のぞき見ルート〟を使って見物できます」

ブルはためらい、

「のぞき見ルート？」と、いぶかしげに訊いた。

「そのとおり。見物はしたいが出し物に参加する気はないというお客さまのための通路です。そんなことだろうと思い、必要な準備をしておきました。あなた専用のルートを進んでいただかなくてはならないので。個人に合わせたシンボルで、それとわかるはず。このようなシンボルです」

影存在が手を振ると、部屋のまんなかに鋼の手袋のイメージがあらわれた。ブルがストーカーから受けとり、恒星〝おとめ座の門〟に投げこんで燃やしたものだ。

かれはむっとして渋面をつくり、不機嫌に応じた。

「もっと気のきいたものを思いつかなかったのか？」

「名誉にふさわしい者の名誉です」クーリノルのコメントだ。「この場合は戦士の名誉ですな。あなたがかつて戦士のこぶしを保有していたこと、それをなくしたことは、だれもが知っている。このシンボルが連想させるのは、それを失った事実ではなく、むしろあなたがふたたび戦士の恩寵《おんちょう》を得たということですよ」

その言葉は慇懃《いんぎん》に響いたが、ブルのなかに疑念が兆《きざ》した。このメルラー、わたしをばかにしているのか？　どうも態度がいささか調子よすぎる。とはいえ、かれを不誠実だと責めることはできないだろう。自分は金儲けにしか興味がないと、はっきり認めたわけだから。

ブルはホワルゴニウム結晶を、まるで別れを惜しむかのように指先でつまみ、テーブルの上に置いた。戦士の輜重隊でくりひろげられる技術的トリックにはある程度、慣れてきたつもりでいたが、それでも、結晶が指先からはなれたとたんに目の前から消えたときには、はっとした。振り向くと、クーリノルが手のひらを見せた。そこにはちいさな振動結晶体が、人工の陽光に照らされてきらきら輝いている。

折りたたみ通路かテレキネシスか……とにかくここには、どれほど悪夢的な想像でも描きだせないような罠が数々あるということ。グッキーがいてくれたら、と、ブルは思った。だが、いま《バジス》でエデンIIを探しているネズミ＝ビーバーが何百万光年はなれたところにいるのか、だれにもわからない。

「ありがたい」クーリノルは輝く結晶を見つめながらいった。「手はじめにいい商売ができました。忘れないでくださいよ、五時間です。見物が終わってここに帰ってきたい場合は、鋼の手袋のシンボル近くで〝もどりたい〟と声に出してくれればよろしい。五時間が過ぎたら連絡しますので、どの出し物に興味を引かれたかお知らせください」

かれはわきによけ、ドアの方向をさししめした。見ると、床から二メートル上のところに戦士のシンボルが浮かんでいる。どぎついブルーに輝く、指のない手袋だ。ブルはそれをじっと見つめた。脅迫めいたものを感じる……死にいたる危険を警告しているような。はたして、こんな大胆な挙に出たのは賢明だったのだろうか。ウイスキーの指示にしたがってここまできたわけだが、あのちびが誠実だとどうしてわかる？　もしかしたら、クーリノルやその仲間と陰で手を結んでいるかもしれない。

視界のかたすみにすばやい動きをとらえた。見おろすと、メルラーがいなくなっている……ホワルゴニウム結晶もろとも。

「気をつけなくてはならんことが山ほどありそうだ」ブルはテラの言葉でむっつりつぶやく。

それから、ドアに向かって歩いていった。

＊

次の瞬間、ガラスの間仕切りの前に立っていた。その向こうにあるのは、未知の植物であふれる部屋だ。テラのバナナに似た宿根草が見える。その場所にはげしい動きがあり、しばらく観察していると、毛皮におおわれた生物が二体いるのがわかった。一体は大柄でがっしりしており、もう一体は華奢《きゃしゃ》なつくりだ。甲高い嬌声が、間仕切りを通してもなんなく聞きとれる。大柄な毛皮生物が華奢なほうを捕まえてまさに組み敷いたところで、ブルは顔をそむけた。異種族のセックスになど興味はない。

あたりを見まわすと、透明な間仕切りに沿って細い通路がつづいていた。十歩ほど行くと、かたいベトンでできたような壁にぶつかり、その上には戦士のこぶしのシンボルが光っている。つまり、壁は通りぬけ可能ということ。金のある客なら、このあとも通路を進んでエリュシオンの驚きを体験できるわけだ。

ぶつかることを恐れず強固な壁に向かって歩みを進めるのに、ブルはもう慣れていた。だが、今回はそれまでとすこし勝手がちがう。壁から三歩もはなれていないところで、光るシンボルから声が聞こえてきたのだ。

「いまあなたのいる場所は、のぞき見ルートです。出し物に参加したいと思ったなら、いつでもお知らせください」

ブルはシンボルを見あげ、

「どうやって知らせるのだ？」と、訊いた。

「〝ここに入りたい〟と口にするだけ」

「わかった。おぼえておく」そう応じ、ふたたび歩みを進める。

次にのぞいた部屋では、荒野の人工風景がひろがっていた。ところどころサボテンが生えた砂漠の上で若い半ヒューマノイド生物が数名、取っ組み合いをしている。からだはがっしりとたくましく、一見したところ頭部はないが、隆起した筋肉の塊りが肩の上から突きでていて、そこに目が三つ、水平にはしるスリットがふたつある。スリットのひとつは発話器官で、格闘家たちのうめき声やあえぎが聞こえてくるのがわかった。

ブルはその場を通りすぎようとした。空間の配置はそれまでと同じだ。右側には部屋のなかをのぞける透明な間仕切りがあり、それに沿って細い通路が壁までつづき、壁の前にはどぎついブルーに輝く鋼の手袋のシンボルが浮遊している。

そのとき、格闘家たちのコンビネーションが目に入った。奇妙な気晴らしをはじめる前に脱ぎ捨てたのだろう。素材も色も同じもので、すみのほうにならべてある。制服の類いにちがいない。ブルの頭に大胆な計画が浮かんできた。

「聞こえるか？」光るシンボルに向かって呼びかける。

「聞こえています」と、答えがあった。

「ここに入りたい」

すると、透明な間仕切りがいきなり消え、焼けるように熱い空気が顔に当たった。息をすると肺が痛む。しまった！　鋼の手袋のシンボルから聞こえた声は、行きたければどの風景にでも入れるといったが、環境条件が耐えられるものかどうかは自身で判断しなければならなかったのだ。そこの空気組成がメタンと塩素であるとしても、間仕切りは開くのだろう。

熱い空気をほんのすこし慎重に吸いこみ、肺の反応をうかがった。ヘルメットを閉じてセランの全機能を作動させる準備はできている。だが、痛みはすぐにおさまった。人工の砂漠風景の熱い空気になにを混ぜてあるにせよ、さほど害のあるものではなさそうだ。

ふと見ると、格闘家たちがこちらに気づいたらしい。ぜんぶで五名いる。近くでじっくり観察するチャンスだ。ここでブルは最初の疑念をいだいた。はたして自分の計画はうまくいくのか。異人たちの腕や脚に盛りあがる筋肉と、胴体をとりまく強力な隆起を見て、思った。最初の数秒間でどこまでやれるかに、多くのことがかかっている。戦いを長引かせてはいけない。すばやく目標を達成しなければ、おしまいだ。

「おい、あのゴリムを見ろ！」五名のだれかがソタルク語で叫んだ。

「ここでなにをしている？」と、べつの者。

「なかに入ってきたんだ。われわれと腕だめしする気だな」

相手にゴリムと呼ばれたのはまずい。こちらが何者かわかっているということ。ソタルク語で〝異人〟を意味するゴリムは、軽蔑的なニュアンスをふくむ。そう呼んだからには、かれらはブルが戦士のこぶしをなくした男だと知っているのだろう。

ブルは非難の言葉を聞き流した。

「ゴリムがどういうものか、徹底的に教えてやるぞ」と、すごむ。「それとも、侮辱めいた呼び方を撤回するか？」

ののしり文句を口にした男が口を大きく開け、ごろごろと音をたてた。どうやら、ひどくおもしろがっているらしい。

「わたしは拳闘士部隊の一員だ。なんで前言撤回しなくちゃならない、つまらん異人の……」

あとの言葉は出てこなかった。ブルが即座にジャンプしたのだ。かれは最初の犠牲者を慎重に選びぬいていた。その拳闘士は、ほかの仲間たちがかんたんに助太刀《すけだち》できない場所に立っている。テラナーの攻撃はかれにとり、まさに奇襲だった。ブルの最初のパンチをよけようとして、相手は信じられないほど筋肉質の両腕をあげる。だが、ブルのポーズはフェイントだった。異人の片腕をつかむと、その下にまわりこみ、相手が後退して体勢をたてなおそうとする勢いを利用する。敵の腕を梃子《てこ》のように使い、かがんだ姿勢のまま、大きくて重いからだをほうり投げた。拳闘士は投擲弾《とうてきだん》のごとく吹っ飛んでいき、仲間二名をなぎ倒した。

これは、古代東洋の護身術を使った多目的戦のお手本ともいうべきもの。ブルはかたときもじっとせずに動きつづけた。とはいえ、戦いを回避するのではない。その反対だ。

ただし、敵どうしがたがいのじゃまになるよう狙って動く。なにしろ相手は屈強な若者で、こちらを大幅に上まわる体力の持ち主。なんといっても拳闘士部隊なのだから、鍛えあげているし、経験も豊富だ。それでもかれらにとり、ゴリムの使う戦術はなじみのないものだったはず。つねに逃げ道を探しているように見えて、じつは相手の隙を突き、すかさず攻撃する。このテクニックと動きは、かれらには理解不能だったにちがいない。このやり方だと消費エネルギーは最小限ですむ。敵を次々と組み伏せるのに使うのは、相手自身の力だから。

だが、気がつくと、ブルの立場はバラ色というわけでもなかった。ふたたび肺に痛みをおぼえる。暑さでからだじゅうに汗が流れ、砂地に足を突っ張って敵の攻撃に立ち向かうあいだ、膝が震えるのを感じた。セランの防御バリアを展開することもできただろうが、そんなことをすれば作戦の成功は望めない。戦いは技術的サポートにたよってはならないと、法典は要求している。裸の拳闘士たちは両手両腕、膝と足を使って戦い、武器は帯びていない。

拳闘士のうち、巻き添えになった二名は痛みでなかば失神していた。投げ飛ばされた男もほとんど力が出ない状態だ。それでも、弱りはてているブルにとっては、のこりの二名だけでも負担が大きすぎる。戦術を変更する必要があった。

のこったうちの一名に向かってジャンプし、跳びすさるまぎわに一連の攻撃をくりだした。これは、サディスティックな暴力行為を意味する〝イジメ〟のレパートリーに入るもの。やられた相手はぐもったうなり声をあげ、突然ぜいぜいあえぐと、両手をあげて目をまわし、地面に倒れこんでそのまま動かなくなった。このありさまを見て、もう一名の敵はひどく動揺する。おかげでブルはふたたび同じ戦術を使うことができた。そうなると、あとのこるのは痛みでほとんど力を出せない者だけだ。ブルはその男に思いきり突進していき、太い棘だらけのサボテンへと投げ飛ばす。

自身も失神寸前だった。できれば地面に倒れこんでからだを休めたいと、全身の神経が渇望している。だが、この瞬間、まちがった行動に出ることはできない。かれはみずからを引きずるようにして茨の藪に行き、意識をとりもどすかもしれない拳闘士から見えないよう、陰にかくれた。そこでセランのヘルメットを閉じ、冷たく新鮮な空気を循環させる。サイバー・ドクターが心配そうな声で告げてきた。

「深刻なミネラル不足が懸念されます。いますぐに……」

「なにもするな」ブルはシントロン医師に乱暴な言葉を投げた。「わたしなら大丈夫だ」

大胆な計画はまだ完了していない。もっともむずかしい部分……心理面における結果評価は、まだこれからだ。カルマーの兵士が一名のこらず名誉の掟、戦士法典にしたがっているというのは百も承知だが、いまから自分のしめす法典解釈がかれらの名誉を守る唯一の方法だと、はたしてこの拳闘士たちは理解するだろうか？

新鮮な空気のおかげで、すこし力が湧いた。ヘルメットを開き、防護服の肩のところにしまいこむと、ブルは茨の藪から姿を見せる。拳闘士の三名が動きはじめ、目を開けていた。不可解なやり方で自分たちをたたきのめしたゴリムに、恐怖と驚きがいりまじった視線を向けてくる。イジメ攻撃を受けた二名はまだ意識を失ったままだ。

「きみたちのうち、リーダーはだれか？」ブルはきびしい声でたずねた。

「わたしだ」一名が答える。

「わたし〝だった〟といえ」

拳闘士の目が曇る。当惑しているのだ。

「いまはだれがリーダーなので？」と、驚いたようにたずねる。

「わたしだ」と、ブル。

「あんた？」

「ほかにだれが、きみを打ち負かしたというのか？」

二秒のち、相手はようやく合点がいったらしい。戦士法典によると、輜重隊メンバーが下位ランクの者に……とりわけ、ゴリムに……敗北した場合、その瞬間に名誉を剝奪される。名誉喪失者になれば、もはや戦士の輜重隊メンバーだと主張できず、護衛部隊から追放されてしまうのだ。だが、グループ・リーダーの資格を勝者に移譲したなら、勝者はその者にとって上司になる。上位ランクの者に負けることは、なんら恥ではない。敗者はただの一兵卒にもどることになるが、護衛部隊から追放されるよりはましというわけだ。

顔を持たない頭部の筋肉塊が、ぱっと輝いた。提示されたチャンスを、拳闘士が理解したのだ。

「たしかに、あなたがリーダーだ」と、熱心にいう。「なんなりとご命令を」

「きみたちはただ、わたしについてくればいい」ブルは応じた。「わたしが質問したら、それに答えろ」

「よろこんでそうするとも」もとリーダーは約束した。仲間たちも了解のしぐさを見せる。

ブルは安堵の息をつく。やっと戦いに勝てた……太古の護身術という、いまではほとんど使われなくなった秘儀のおかげだ。あと、戦士法典に支配された者たちの奇妙なメンタリティにも感謝するとしよう。

＊

最初の突撃でこれほどの成果が得られるとは、レジナルド・ブルは夢にも思っていなかった。かれが拳闘士たちと関わる気になったのは、この五名が護衛部隊、すなわち兵士の階級に属していたからだ。かれらのほうが、催事場を訪れる数の上で圧倒的に多い自由忠誠隊やただの同調者よりも、輜重隊やエルファード人や永遠の戦士について多くを知っているはず。兵士だったら法典忠誠隊のメンバーだし、かつてはシャドの上級修了者だったのだから、謎めいた戦士の儀式をそれなりに伝授されているだろう。

とにかく、必要な情報を集めるには、骨が折れて時間のかかる大胆な試みが不可欠だと考えていた。ブルの目標は、エルファード人メリオウンの最側近グループに入りこむこと。それには多大なリスクとかなりの出費を覚悟しなければならないだろう。だが、ここでまさに最初の試みにより、手がかりが得られたのだ。うまくやれば、目標に直接つながる道が見つかるかもしれない。

「きみたちは、なぜここにきた？」と、拳闘士たちにたずねる。ようやく五名とも意識をとりもどしていた。「殴り合いがそんなに好きなら、船に乗ったままでもできるんじゃないか？」

「まず、われわれはここで殴り合いをしているのではない」相手の答えだ。「これは余暇活動であると同時に、トレーニングなのだ。われわれは〝力の最適化〟と呼んでいる。あなたもわれらのリーダーになったのだから、殴り合いなどと侮辱的な呼び方をするのはやめてもらいたい」

「侮辱するつもりはなかった」ブルはあわてて譲歩した。「ふだん拳闘士部隊でどのような言葉が使われているか、まだ知らないことが多いのでな。つまり、宇宙船内では力の最適化はやらないのか？」

「それが、わたしが次にいいたかったこと」もとリーダーがいった。「力の最適化は、われらの故郷惑星と同じ環境条件のもとでおこなうのがベストだ。宇宙船にはさまざまな種族がいるので、そうした環境をつくりだすわけにいかない。ところがエリュシオンでは、故郷惑星と同じ風景や空気組成をかんたんに小部屋のなかにつくりだせる。拳闘士部隊の本来の任務には多くの責任がともなう。だからわれわれ、指揮官の許可を得て、まずは数時間、力の最適化という刺激的なスポーツでからだを動かすのだ」

ブルは耳をそばだて、訊いてみた。

「その、本来の任務とは？」

「第二戦士のための〝スイートルーム〟を用意することと、かれがそこに滞在中、見張りをつとめることだ」

ブルは脈がいきなり速くなるのを感じた。第二戦士とは何者だろう？　永遠の戦士の代行をつとめているのはエルファード人メリオウンだ。かれのことなのか？　輜重隊の内部では、セポル作戦の指導者に関する多くの呼び方が飛びかっている。ブルはリスクを恐れず、探りを入れることにした。

「メリオウンがエリュシオンにやってくるのか？」

「そういわれた。かれがこないと、われらの任務はむだになる」

「スイートルームはどこにある？」

「まだわからない。まにあうように知らされるだろう」

「まにあうように、とは？」ブルはいらだちをこらえつつ、質問を重ねた。「第二戦士の訪問は、いったいいつになるのだ？」

「それもわからない。兵士の美徳のひとつは忍耐、もうひとつはよけいな好奇心を捨てることだ。任務遂行に必要なことは、時がきたら知らされる」

ブルは躊躇なく狙いを定めて頭をフル回転させた。拳闘士の言葉はすべて真実だろう。全般的に見て、法典忠誠隊が嘘という道具を使うことはない。目前に迫ったメリオウン訪問に関して、ここではだれも知らされていないのだ。それについて事情を知る者はほかにいる。

あたりを見まわした。拳闘士たちの戦いをのぞき見た透明な間仕切りは、まだ出てきていない。人工の砂漠風景は高くそびえる壁の前で終わり、壁の前には鋼の手袋のグリーンのシンボルが浮かんでいる。拳闘士たちがだれも反応しないところをみると、かれらにはシンボルが見えていないのだ。

「わたしは出ていく」と、できるだけさりげなく告げた。「おたがいに顔を見なければ、きみたちもここで起きたことを忘れられるだろう。ただし、また出会うことがあれば、そのときはわたしがふたたびリーダーだ」

どんなに不機嫌な兵士でも、内心ひそかに感謝しただろう。かれらは、ブルがみずからリーダーの地位についたことで自分たちを不名誉から守ったのだと知っている。それに返礼する義務があった。全員、了解のジェスチャーをした。

ブルは踵を返し、グリーンに輝くシンボルに向かって小声でいった。

「もどりたい」

その瞬間、砂漠の風景が消える。かれはふたたび、メルラーのクーリノルと話をした、テラ風にしつらえた部屋のなかにいた。

「ここまではすべて、聞いていたとおりだな」満足げにつぶやいた。

「わたしをぺてん師だとでも思っていたのですか？」背後で声がする。

振り向くと、メルラーが空中に浮かんでいた。前と同じ、人間の輪郭を持つ半透明の霧のような姿で。

「そうではない」ブルはむっとして、「ただ、きみのマナーには改善の余地があるな。お客を訪問する前には連絡してくるか、せめて許可を得てから入室するもんだ」

「あなたはまだお客ではありません」クーリノルが皮肉めかして応じる。「最低限の料金でざっと見物しただけのこと。どれかアトラクションをひとつ決め、全額を支払って参加してはじめて、わたしのお客になるのです。なにか興味を引かれるものがありましたか？」

「ああ」簡潔に答える。

「それはなんです？」

「メリオウンがスイートルームに滞在するあいだ、同席したい」

メルラーにとり、その言葉はかなりの衝撃だったようだ。影めいた姿が、突風に吹かれたかのように消え去った。

4

《ラヴリー・ボシック》の搭載艇が中速で近づいている異宇宙船は、飾りけがなく単純なつくりで、未完成のような印象をあたえる。艇はこのあいだに計測作業を終え、データから一円盤船の映像をつくりだしていた。直径百メートル、厚みは十メートル。たいらな円盤面の一方には、目を射るようなブルーに輝く半球状のエネルギー・ドームが突出している。高さは五十メートル。

搭載艇のちいさな操縦室に集まっているのはロワ・ダントンのほか、かれの……エディム・ヴァルソンが〝随行団〟と呼ぶ……主要スタッフである。上級修了者以外にダントンが連れてきたのは、ミュータントのイルミナ・コチストワ、彼女の相棒でノームのようなキド、専門家の二グループからなる面々だ。ダントンはストーカーのパーミットをつけて、操縦室の中央テーブルの前にすわっている。つねに鋼の手袋の重みでそのことを思いださずにすむよう、左腕を卓上に置いていた。

考えこみながら、星々またたく宇宙空間に浮かぶ異船の映像を見つめる。きらびやかに光り輝く歳の市のポジションを、搭載艇はとうにはなれていた。例の仮想ラインに近づいたということ……それをこえると、パルサーの強烈で危険なハイパーエネルギー活動を間近に感じるという。リング技師は、危機的境界のぎりぎり近くに船を配置しているわけだ。

ダントンはエディム・ヴァルソンに向かっていった。

「そろそろ、こちらの到着が近いことを相手に知らせたほうがいい」

クカートン人はどうやら、その指示が気にいらなかったようだ。だが、大きな目でじっと鋼の手袋に見入ると、それが決定打となった。戦士のシンボルを帯びた者の命令に逆らうことのできるシャドなど、ひとりもいない。

いきなり呼びかけはじめる。

「クカートン人の上級修了者エディム・ヴァルソンから、宇宙船内のリング技師に告ぐ！　永遠の戦士から選ばれた鋼のこぶしの保持者がそちらを訪れる。すべてはカルマーの大いなる誉れによるもの。ベ＝ルコはただちに応答せよ！」

ずいぶん尊大な口調だとダントンは思った。自分ならもうすこし社交的な表現を使うだろう。だが、クカートン人の好きにさせておく。これは戦士の輜重隊の手法に沿ったやり方で、テラのエチケットにしたがったものではないのだから。

あらわれた相手の映像を見て、テラナーは愉快な気分をおさえるのに苦労した。もうすこしで吹きだしてしまうところだった。かぎりなく悲しげな長い顔と、きらびやかに飾りたてた外見が異様なほど対照的で、まったくそぐわないのだ。色とりどりの衣装にきらきら光るアクセサリーを山ほどつけ、ピエロかと思ってしまうほど。

悲しげな男がしゃべりはじめた。顔の下のほうにある、たくさんの皮膚膜でできた喉袋のような器官が動いている。皮膚膜がぱたぱたとめくれるようすは、想像力で補えば口の動きに見えなくもない。そこから出てきた言葉は戦士の言語、ソタルク語ではあるが、奇妙につぶれたような声だった。

「上級修了者というが、どうやら未熟者だな」と、顔の長い男。「あつかましくも、こんなやり方でリング技師ベ＝ルコに呼びかけるとは。真に大物の自由忠誠隊との付き合い方を学んでいないとみえる」

ダントンは驚きがとまらない。悲しげな男は聖霊降臨祭の牛のごとく飾りたてているばかりか、思慮分別の塊りみたいなことをいう。むろん、エディム・ヴァルソンはこれを不当な言葉と受けとり、声をとどろかせた。

「ただの自由忠誠隊メンバーのくせに、大物と自称するのか？　きみはこの英雄を非難したのだぞ。メリオウンが知ったら、なんというだろうな？」

「わたしはメリオウンにだって、文句をいうときはいう」長い顔の相手は答え、いっそう悲しげなようすになる。「問題はそんなことじゃ……」

「黙れ！」ロワ・ダントンはこの状況にかんがみ、奮い起こせるだけの威厳をもってどなりつけた。たがいの権威を主張する二名の争いが険悪なものになりそうだったから。シートから立ちあがり、ベ＝ルコに見えるよう左腕をかかげる。「問題は、きみたちのどちらが大物かということではない。この手にある戦士のこぶしが見えるな、リング技師。きみの宇宙船をたずねたいと総司令官に命じたのは、このわたしだ。わたしは重要な使命を帯びている。きみは恒久的葛藤のシンボルに逆らう気か？」

ベ＝ルコのグレイの顔が褐色になり、垂直についたスリットのような両目が震えはじめた。まぶたがせわしなく開いたり閉じたりするので、目の下のぶあつい涙袋が波打つ。長く垂れさがる、変形したカタツムリの殻のごとく渦を巻いた両耳が、強風に吹かれたかのようにはためいた。鋼の手袋を見たリング技師がひどく驚愕したことは、この種族の〝人相〟を知らない者が見てもわかる。それでも、ベ＝ルコが口にした言葉には力強さがあった。

「あなたの望むとおりにしましょう、異人よ」

ダントンはこのうえなく冷たい表情で、

「わたしは選びぬかれた者であって、異人ではない」と、きっぱりいう。「きみがわたしの望むとおりにするのは、最初からわかりきったこと。歓迎する、という言葉があってしかるべきだろう」

エディム・ヴァルソンが賛同のしるしに大きく〝うむ〟といった。ベ＝ルコの垂れ耳がいきなりわきに動いて硬直する。あとでダントンはわかったのだが、これはかれの種族が恭順の意をしめすときの習慣らしい。

「歓迎します、選びぬかれた者よ」と、リング技師。「どうか無作法をお許しください。乗り物をこちらに近づけてくださるようお願いします。誘導ビームを送りますので、それに全面的にまかせていただければと」

ロワは尊大に手を振り、通信を切った。見まわすと、イルミナが心配そうな目を鋼の手袋に向けている。なにも訊かれなくても、ダントンには彼女のいいたいことがわかった。シートにすわり、テーブルに左腕をのせると、おのれの内に耳をすませる。

数秒後、かれはゆっくり首を振った。

大丈夫。まだ戦士の精神に侵されてはいない。

＊

搭載艇はブルーのエネルギー・ドームのすぐ近くに着陸した。なめらかで継ぎ目のない表面にくっついた独特なかたちのドームは、まるで異質な天体のようだ。それがさらに奇妙な見た目になる。イルミナが強く主張して、《アスクレピオス》の円錐形搭載艇をドッキングさせたから。

「なんのためだ？」ロワ・ダントンは訊いた。

「きみはわれわれの艇に同乗してきたのに」

「ここまではね」と、謎めいた答えが返ってくる。「でも、帰りがどうなるかはわからない」

ダントンはさらに説明をもとめようとしたが、彼女の口から出てきたのは次のコメントだけだった。

「いやな予感がするの」

ブルーのドームの壁にアーチ状の開口部が出現し、そこからエネルギー・チューブがのびてきた。搭載艇のエアロックの上にチューブの出口がくっつき、ドーム内部の空気が流入してくる。分析の結果、人間とクカートン人の呼吸器に影響のないものと判明。ダントンと、二十名からなる随行団が移動をはじめる。全員、セラン・タイプの防護服を着用しているが、ヘルメットは開けていた。エディム・ヴァルソンだけは鮮やかな黄色の戦闘服のままだ。上級修了者であることをしめすひろい飾り帯のついた戦闘服を、ほかの装備でかくしたくないと拒んだので。

ドームのなかにある大きな部屋はほとんど殺風景といってよかった。やわらかな黄色い照明のもと、奇妙な装置類が浮かびあがる。見たところ無造作に、それぞれかなり距離をおいて設置してある。奥のほうにホロ・プロジェクションがうつしだされていた。

多くの衛星をしたがえ、白い雲をまとったブルーグリーンの天体だ。

とはいえ、これらすべてにダントンが興味を引かれることはない。かれの注意はドーム中央にいる五名の姿に注がれていた。着衣をのぞけば完全に同一に見える。外見だけで五名を区別することなどできないのではないか。身長もいっしょなら、特徴的な長い頭部も悲しげな顔も、すでに見る機会があった者のそれとまったく同じ。細い肩から力強い球状の関節が発達して両腕につながり、その先端にある両手は敏感な把握肉垂になっている。腕関節のずっと下には両脚の関節窩があった。脚は細く華奢で、からだの重みを支えきれるのか疑問に思うほど。胴体は中身がすこししか入っていない袋のようで、ほとんど地面に垂れさがっている。

全員に共通するのは、色とりどりの服装と光るアクセサリーの数々だ。なかでも、中央にいる者の鮮やかな着衣と装身具が目を引く。これがベ＝ルコにちがいない。相手にあと十歩の距離まで近づいたところで、ダントンは立ちどまった。ほかの随行団メンバーも同じようにする。エディム・ヴァルソンだけはさらに進んでいった。両グループのまんなかあたりでとまると、ものすごい大声で告げる。

「選びぬかれた者、戦士のこぶしの保持者が、リング技師ベ＝ルコに目通りする」

痩《や》せこけた五名の垂れ耳が高くあがり、頭の横で水平になった。ベ＝ルコが一歩、前に出る。

「リング技師とその側近助手四名」と、口の皮膚膜をぷるぷるさせていう。「われら全員、ベリハム人種族の一員であります。こぶしの保持者とその随行団に歓迎の挨拶を申しあげます」

ダントンは左腕をさしだした。全員がほんものの、あるいは見せかけの敬意をもって、偉大なるカルマーのシンボルに注目する。上級修了者でさえ、思わず振り返ってそれを見つめずにはいられない。

こうしてファースト・コンタクトが成立した。

＊

「重要な使命を帯びているとのことでしたが」と、ベ＝ルコが特徴的なつぶれ声を出した。ベリハム人は身長二・五メートル、テラナーより頭数個ぶん背が高い。「それについて教えていただけますかな？」

ロワ・ダントンはあたりを見わたした。自由な雰囲気だ。かれらは船内を視察させてもらい、すべてベリハム人種族からなる乗員のようすや、その居住セクター、技術機器などを見てまわったあと、ドームの巨大ホールにもどってきたところである。ダントンの随行団はいくつかのグループに分かれており、そのそれぞれにベ＝ルコの側近助手四名のいずれかがついている。打ち解けた会話のなかでテラナーたちは……用心のため、素人のふりをして……各技術装置の機能について説明を受けていた。ガイドを受けていないのはエディム・ヴァルソンだけだ。まるで監視をつとめるごとく、ホール中央にかがんでいる。

思っていたとおり、リング技師ベ＝ルコはロワ・ダントンを独占した。恭順をしめしているものの、けっして卑屈な態度ではない。むろん、こぶし保持者が自分の船になにをしにきたのか、知りたいのだろう。ダントンにとっては、ここからが勝負のしどころだ。素人のふりをして逃げることはできない。かれがここにきたのは、至福のリングがどのように形成されるのか、それが戦士の儀式においてどういう役割をはたすのか、知るため。ベ＝ルコに対しては、こちらがおおいに事情通であるようにふるまい、その専門知識があるために使命を遂行するべく選ばれたのだと思わせなければならない。

「惑星ナガトの至福のリングがどのようにできあがるか、戦士は知りたいと思っておられる」と、リング技師の質問にもったいぶって答えた。

「戦士が？　永遠の戦士その人が？」ベ＝ルコは驚くと同時に感銘を受けたらしい。つづいてこういってきたので、ダントンは答えを探す必要に迫られた。「カルマーはセポル星系にこられないと聞いたので、非常に落胆していたのです。戦士の到来は、リング技師としてのわが長き生涯の最高点となるでしょう。それはぜひとも……」

「われわれはみな、戦士の一プロジェクトを遂行する立場。個人的賞讃をもとめてはならない」ダントンは、よろこんでしゃべろうとするベリハム人を大弁舌でさえぎった。「戦士の意図をわたしは知らない。だれも知る者はいない。というわけで、ナガトのリングがどのように形成されるか、わたしに話すのだ」

「いつもと同じです」ベ＝ルコがむすっとして答えた。気を悪くしたらしい。「芸術的に組み立てるというだけで、べつに新しい内容はないですよ」

「だったら、いま聞いたとおりに上に報告するぞ」ダントンはすごんだ。

そこでやっと、リング技師は技術的な詳細を告げる気になったらしく、「まず、起爆クリスタルを数日前から準備します」と、話しはじめた。「そこにふくまれるプログラミングが、各衛星を初期断片に分割するので。初期断片は、起爆プロセスを持ちこたえたインペレーターによって、わたしの構想した軌道へと放出されます。その過程で初期断片はどんどん分割されてちいさくなっていき、やがてすべての断片にひとつずつインペレーターが装備される。この時点でリングは中空の状態になっています。次に、断片の成分を分子転換する活性化メカニズムが作動し、リングを望みの色に変化させます。それからリング形成の最終段階に入ります。インペレーターにまだのこっているエネルギーを使って微小な断片をさらに分割し、遠くから見て均質で固定したリングに見えるよう岩石を配置するのです。このプロセスのあいだ、インペレーターは残存エネルギーを狙いさだめて放出するため、岩石ブロックは基本的にわきにそれることなく、リングの軌道に沿ってならびます。こうしてリングができあがり……」そこでベ゠ルコはまぶたを悲しげに落として細い目を閉じ、「芸術的センスを持つ者たちの賞讃を受けるのです」

「すばらしい」ダントンは礼儀として褒めたものの、いささか退屈だった。これらはすべてとっくに知っている。しかし、任務上、もう一度語ってもらう必要があったのだ。

「技術面に関しては充分にわかった。わたしが聞きたいのは、このプロジェクトの芸術的な詳細についてだ」

むらさき色の血管がはしるベ＝ルコのグレイの肌がすこし明るみを増して、目から涙が流れた。誤解の余地はない。リング技師は感激しているのだ。戦士の使者を前に、おのれの芸術的才能を嬉々として語ろうとするが、ほとんど話すことができない。ダントンは支配者然とした手袋保持者のジェスチャーで、ふたたび話を中断させた。

そのとき、目のはしで急な動きをとらえる。振り向くと、イルミナ・コチストワがグループからはなれ、うろたえたようすでこちらに向かってきていた。彼女の頸に腕を巻きつけている、子供のようなキドを抱いたまま。

「わたし、行かなくちゃ」と、インターコスモで彼女は告げた。「理由はあとで。デメテルがぜんぶ知っているわ」

＊

イルミナ・コチストワは最初から、鋼の手袋の内部にある微小な空洞にひたすら着目していた。そのなかに法典分子の高濃縮ガスが入っているのだ。どういうメカニズムで空洞からときおり少量のガスが放出されるのかは知らないが、おそらく、手袋が保持者の意識とプシオン性のやりとりをすることが決定打になるのだろう。それはレジナルド・ブルの例でわかっている。いずれにせよ、法典ガスはほんのわずかな量でもこのうえなく危険だ。法典分子が空洞からもれでたら、ロワ・ダントンはただちに手袋を脱ぎ捨てなくてはならない。しかし、それは作戦の失敗を意味する。戦士の使者が鋼の手袋を脱いだなら、ベ＝ルコはかれをもはや全権委任とみなさないだろう。

だが、イルミナの心配は杞《き》憂《ゆう》に終わった。ダントンは自分の任務に百パーセント集中している。すべての注意力を要する重要任務であることが、かえって役だったわけだ。おかげで左腕の鋼の物体を気づかうひまもなく、法典ガスは空洞のなかにとどまっている。一個の分子ももれだしていない。

ドーム形ホールの見学では、イルミナはデメテルといっしょのグループにいた。興味深げなふりをよそおいながら、案内のベリハム人について歩く。数千のインペレーターを同時に操作・制御できる一装置について説明を受けたが、インペレーターというのがなんなのか、イルミナにはさっぱりわからない。ベリハム人のリーダーいわく、かなり重要な意味を持つ道具らしいが。その説明をできるだけ正確に聞きとる作業は、グループのほかのメンバーにまかせることにする。というのも、彼女はこのときある発見をして、そちらに気をとられていたのである。じつは、見つけたのは彼女自身でなくキドだったのだが。キドがいきなり隣りにきて、彼女のからだをよじのぼり、耳もとでささやいたのだ。

「あそこ、右のほうに法典分子が！」

このときまでにはダントンの手袋内のガスに関して危険はないと確信していたので、イルミナはほかのことに気を配る余裕があった。キドの合図する方向を見ると、一名のベリハム人が船内からはねあげ扉をくぐってドーム形ホールに入ってきていた。ドーム壁のすぐ近くに立ち、トランス状態にあるかのごとく不自然に硬直している。ほかの同族とちがい、着衣にはほとんど飾りがない。縦縞《たてじま》模様の箔が入った濃いブルーの衣服を身につけている。せまい肩のまわりに立ち襟がついていて、そこからマイクロ技術の産物があれこれぶらさがり、地味な着衣の装飾品となっていた。

このベリハム人の脳内物質にとてつもない高濃度の法典分子が巣食っていることに気づいて、イルミナは驚いた。ミュータントの超能力感覚を使い、ニューロンの動きを追ってシナプスを調べた結果、コミュニケーションに関わる部分だと判断する。異人の脳とはいえ、かなり確信があった。というのも……危険を承知でほんのわずかのあいだ、手袋とそのあぶない中身の観察からはなれて……ベリハム人の脳構造をくわしく精査したところ、ほかのヒューマノイド種族とひろ範囲に一致するとわかったから。

つまり、ブルーの着衣のベリハム人は脳内のコミュニケーション能力を高めようとして、法典ガスを吸入したわけだ。なにかを待つように立ちつくしている。おそらく、外部のだれかがプシオン手袋で連絡してくるのを待っているのだろう。あるいは、ドーム内の出来ごとを観察して、その印象を未知の受信者に伝えているのかもしれない。イルミナはダントンを目で探した。リング技師の演説を聞いている。じゃましたくはないが、この発見をなんとしてもかれに知らせなくては。

助けをもとめてデメテルに視線を向けた。ウィンガーは数歩はなれたところに立ち、心ここにあらずのようすだ。半眼になり、ぼんやり床を見つめている。なるほど、そうか。デメテルは《ラヴリー・ボシック》とコンタクトする役目を夫から引き継いだのだ。リング技師の船にいるあいだも、ダントンは遠くはなれたセポル星系でのなりゆきを知る必要があるから。デメテルのコンビネーションにはマイクロ通信システムがいくつか仕込まれており、それを使ってはたから気づかれずに送受信ができる。イルミナは高まるいらだちをおさえつつ、ウィンガーが目をあげるのを待った。話しかけようとしたそのとき、デメテルの不安そうな視線に気づく。とりみだしているといってもいい。デメテルはわずかにためらったのち、ミュータントに近づいてくると、その腕をとってわきに引きよせ、小声で告げた。

「危機発生よ。ドラン・メインスターから《ラヴリー・ボシック》に連絡があったの。エルファード人ヴォルカイルが、ウルダランの基地に許可なく侵入して逃げた者の行方を追っている。いまリング技師ベ＝ルコのもとを訪れている異人の集団があやしいとにらんだみたい。ベ＝ルコの船をめざしてスタートしたらしいわ」

イルミナは血管に冷たいものが流れたように感じた。ひと呼吸するあいだに目を閉じ、自制をとりもどす。ここでヴォルカイルに見つかったらおしまいだ。鋼のこぶし保持者であるロワ・ダントンでさえ、エルファード人からわたしを守ることはできない。なぜなら、ヴォルカイルにとってこれは名誉毀損《きそん》の問題だから。戦士の神聖なる施設に権限のない異人が侵入し、そこでスパイ行為を働くのをとめられなかっただけでなく、さらに悪いことに、その侵入者を逃がしてしまったのだ。捕まえるまでは心休まるまい。だれを探すべきか、かれは知っている。《アスクレピオス》とその搭載艇は特徴的な外見を持つから、すぐにわかるだろう。リング技師の宇宙船に未知の乗り物がドッキングしているのを見つけたら、獲物をとらえたと思うにちがいない。

「ずらかるわ」ミュータントは決意した。「いまの話をロワに伝えて。わたしから説明している時間はない。あと、あそこにいるブルーの男に注意するようにと」

彼女は観察したことを手みじかに報告し、振り返ってダントンのもとに歩みよった。べ＝ルコの演説は一段落したものの、またあらたに話をはじめようとしているところだ。

ダントンは手をあげてすこし待てと合図し、ミュータントのほうを向く。

「わたし、行かなくちゃ」イルミナはべ＝ルコにわからないよう、インターコスモを使った。「理由はあとで。デメテルがぜんぶ知っているわ」

ダントンはわずかにうなずくと、リング技師にたずねた。

「このドームとわたしの搭載艇をつなぐチューブはまだ使えるか？」

「もちろん」と、べ＝ルコ。「なぜです？」

「わが同行者の女性が、即座にとりくむべき特殊任務をいいわたされてね。きみの親切に感謝しつつ、この船を去ることになった」

イルミナはリング技師の返事も聞かず、ホール出口に向かった。キドがくっついてくる。

ヴォルカイルが追ってくる。唯一のチャンスは、エルファード人より早く行動することのみ。事情は承知だ。

＊

「話をつづけてくれ」ダントンは、イルミナの〝特殊任務〟について教えてほしいという技師の言葉を無視して、先をうながした。「きみのデザインの美しさについての説明だったと思うが」

ベ＝ルコはすぐに話題をもどした。自分の芸術的才能と比類なき創造物について語るのが、なにより好きなのだ。

「リング・システムというのは多数あります」と、はじめる。「いちばん大きくできてわかりやすいのは惑星の赤道上に配置されたリングですが、わたしにいわせれば陳腐な構想ですな。赤道上だと物質が薄くなるため、リングがきわだちません。これに対し、二十七度かたむけたリングは最高です。しかも、アシンメトリーに配置する。つまり、中心が惑星中央に重ならないようにするわけです。さらなる工夫としては……」

興奮状態のベ＝ルコは、まるで発話機能のエアロックが開いてそこから言葉の大雨が降りこむごとく、えんえんと語りつづけた。おのれの作品の美しさについて、二十分ぶっつづけでしゃべる。ダントンは熱心に聞くふりをしていたが、周囲を見まわし、デメテルが合図してブルーの着衣のベリハム人を指さしているのがわかった。これまで存在に気づかなかったが、妙に硬直しているのが目を引く。妻がなにをいいたいのか知りたいと思いつつ、ベ＝ルコが独演を終えてこちらの質問に答えられるようになるまで、辛抱するしかなかった。

「きみが天才的所業をなしとげたことは賞讃される」ようやくリング技師が熱心な説明

を終えたので、ダントンは友好的にいう。「いまの話をきちんと記憶しておき、しかるべき場所で伝えよう」

「じつにありがたき名誉です」ベリハム人は口の皮膚膜からつぶれたような声を出した。

「だが、その前にいくつか質問したい」と、ダントン。

「なんなりと！」ベ＝ルコは戦士のこぶし保持者が口にした褒め言葉に気をよくし、熱心に応じる。「どんな質問にもお答えしましょう」

「完成した至福のリングの断片だが、平均でどれくらいの大きさになる？」

「二メートルですな。ただ、なかには目玉ほどちいさいものもあれば、五十メートルほどになるものもあります」

「インペレーターが断片をリングの軌道に放出するといったが、ある程度のばらつきは生じるのではないか？　岩石の何パーセントかはリング軌道にとどまらず、わきにそれてしまうのでは」

「たしかに」と、ベ＝ルコは認めた。「とはいえ、それでリングの美しさが損なわれることはありません。そうした断片はいずれ惑星地表に落ちていくので、リングの眺めは変わらないのです」

「惑星の大気圏で燃えつきずにのこるほど大きな断片も、多く存在するのでは？」ダントンはさらに詰めよる。「それらは実際、地表に墜落するはず」

「そのとおりです」

「だが、地表には知性体が住んでいる。自分の作品が思考生物を危険にさらしているのに、きみは気にならないのか？」

ベ＝ルコはあわてふためいた。ホールの床に稲妻が落ちたとしても、これほど当惑しなかっただろう。

「そ、それは……わたしにはどうしようもありません」と、つかえながら、「戦士の任務を遂行しているだけですから。原住種族が隕石落下で損害を受けたり死んだりしたところで、なんだというのです？　それも戦士の課す試験のひとつなのですよ」

思っていたとおりの答えだ。それでもダントンは、こちらの心配に対するリング技師の無理解な態度に衝撃を受けた。ベ＝ルコは自由忠誠隊の一員で、戦士法典とは間接的にしか結びついていない。ふだんは自分の能力の範囲でカルマーの任務を遂行することで満足しているのだろう。それでも、戦士の教義に心酔するあまり、自分の作品が数百、数千、数万の知性体の命を奪っても、なにも感じないとは。

ダントンは戦慄し、この瞬間、いままで以上に認識した。なにものにも縛られないというヴィーロ宙航士の意識や無頓着さは、たわごとにすぎない。そんな妄想は現実に直面したとたん、ひとりでに消え去るのだ。同志が苦しんでいるのを座して見すごすことのできるヴィーロ宙航士など、ひとりもいないだろう。無頓着というのは同情心の欠如を意味するものではない。ヴィーロ宙航士は蛮人ではないのだ。困っている者を見たら、助ける義務があると感じるもの。

戦士の教義は、恐怖と死の教えだ。罪なき無数の者が〝恒久的葛藤〟という邪神の生《い》け贄《にえ》にされている。戦士に仕える者たちは、過去のテラで日常的に人身御供《ひとみごくう》を捧げていたような恐ろしいカルト集団と同じく、野蛮なつとめをはたしている。

ダントンに長く沈黙させたくないと思ったのか、リング技師が口を開いた。

「ナガトの住民が一名や二名、隕石落下に苦しめられるからといって、異議を唱えるおつもりですか？」

その声には、ダントンがわかるかぎりにおいてだが、ふくみがあった。テラナーは不注意だったと気づく。よりによって、戦士に選びぬかれた存在である自分が、カルマーの試験対象となっている者たちに同情の念をいだくなど、あっていいはずはない。たとえ、かれらの上に家ほどの大きさの隕石が降りそそぐとしても。

「ばかをいうな」と、きびしい声でリング技師をたしなめる。「ナガト人は試験を受けている最中だ。だが、全住民が隕石で死んでしまっては試験の意味もなくなるだろう」

「ああ、それはありません」ベ＝ルコはうれしそうに、「犠牲になるのは五ないし十パーセントで、それ以上でないのはたしかです」

ダントンはできるものなら相手の長く細い喉に跳びかかりたかったが、自制する。不安がつのるのを感じた。なにか話題を変えないと、混乱して鋼の手袋のことを考えてしまいそうだ。それを注意してくれるイルミナはもういない。用心しなければ。

「船内を案内してもらっているときに気づいたのだが」と、話しかけた。「きみの搭載艇には防御バリア・プロジェクター以外に兵装がなかった。リング技師としての作業にとくに危機感をおぼえていないようだな」

「よくおわかりですね」ベ＝ルコはうれしそうに応じる。「わたしの作業は危険をともないます。リング技師の敵がだれなのかはご存じでしょう。つまるところ、あなたは戦士の使者ですからな。だが、われわれが自分で身を守る必要はないのです。われわれは芸術家にして技師、研究家であり哲学する者。戦争商売は関係ありません。われわれを守るのはカルマーの巨大艦隊です。輜重隊のなかにいれば安心していられる」

ベ＝ルコのいう〝危険〟がなんなのか、ダントンは知りたくてたまらない。しかし、全面的に信頼を失ってしまうかもしれないのに、ストレートにたずねるわけにはいかないではないか？　そこで、こう訊いてみた。

「最後に攻撃を受けたのはいつのことだ？」

「ああ、もう数年前になります」と、リング技師。「リングをつくる星系の主星を操作する恒星技師たちに特別なたのみごとをしようと思い、作業ポジションに早めに行ったときのこと。やがてかれらは撤退し、そこにいるのはわたしだけになりました。すると、やつらがやってきて……」

「やつらとは？」

「ゴリムです。至福のリングになにをする気だったのかは、ベリハムの天空のみぞ知るでしょうが、とにかくリング・システム形成を妨害するチャンスと見て攻撃してきたのです。わたしはもちろん個体バリアを張りました。しばらくして、大規模艦隊の一部隊があらわれ……」

そこで話がとぎれる。やがて、奇妙なことが起きた。ベ＝ルコがまた朗々と話しはじめたが、その声はベリハム人のものではなかったのだ。皮膚膜でできた種族特有の口から出てくる特徴的なつぶれ声でなく、深みがあって、いかなる反論も許さないほど力強い話し方である。

「それ以上そのゴリムについて口にすることは、おまえには許されない、ベ＝ルコ」

リング技師はぴくりとして、まぶたを閉じた。まるで、顔の筋肉が動かなくなると同時に話す能力を奪われてしまったみたいに。

それから長いこと、ひろいホールを沈黙が支配した。ブルーの着衣のベリハム人はやはり硬直姿勢のまま。だが、ダントンが驚いたことに、声はそのベリハム人の口から出ていたのだ。輜重隊の通信チャンネル経由で何度となく聞いたことのある声。

エルファード人メリオウンの声だ。

つまり、メリオウンはリング技師を襲ったゴリムに関する話を、戦士のこぶし保持者に知られたくないということ。それがなにか至福のリング・システム形成に関係するからなのだろう。これがこの日に入手した情報のうち、いちばん重要だと思えた。

そのとき、ベ＝ルコが妙に抑圧されたような声でこういった。

「もう行ったほうがいいでしょう。あなたをどうあつかうべきかわからなくなりました、戦士のシンボルを身につけた異人よ」

ロワ・ダントンは無言で踵を返し、同行者たちに出発の合図をした。

5

数秒後、霧のようだったメルラーの姿がふたたび明確なかたちをとった。

「あなたは頭がおかしい」と、声が聞こえる。「いったいなぜ、メリオウンがここにくるなどと思ったのです？　おまけに、そんなことが可能だとでも……」

レジナルド・ブルが右手をあげると、即座に声がやんだ。

「ごたくはやめてくれ」と、ブル。「メリオウンがここにくることは知っている。きみの協力があれば、そのスイートルームにわたしが入れることもな。あとの問題は金だけだろう。それでいいか？」

かれはまた底なしポケットに手をのばし、子供のこぶしほどの大きさがある、輝くホワルゴニウム塊をとりだす。

霧の色が濃くなったように見えた。

「その五倍はいただかないと」と、クーリノル。

「きみのほうが頭が五倍おかしいぞ」ブルは反撃する。「ここにはそれほど持ってきていないし、いまから調達するには時間がない。三つもあれば充分だろうが」

あとふたつ、同じくらいの大きさの塊りをとりだすと、ひろげた手のひらにのせてみせた。

「ぜんぶテーブルの上に置いてください」と、クーリノル。声に貪欲さがにじむのをおさえようと苦労している。

「その手に乗るものか」ブルは笑い飛ばした。「ちいさなクリスタルのときと同じく、これも虚無に消えてしまい、わたしにはなんの見返りも手に入らないんだろう」

「さっきもいいましたが、わたしはぺてん師ではありません」影めいた姿が叱責するようにいう。「ぺてんに手を染めてしまうと、こうした商売は長続きしませんからね」

「まず、どのようにことを進めるのか知っておきたい」ブルのほうも譲らない。「その内容が納得いくものだったら、取引成立だ。そうでなければ、わたしは欺瞞《ぎまん》とまやかしだらけの楽園に背を向ける」

「だれもが欺瞞とまやかしをべつの観点から見るのですよ」メルラーは哲学的なコメントを口にして、「メリオウンがスイートルームにいるあいだ、そこにあなたが物理的に滞在することはできません。わたしがプシ・ルートを使えるようにしてあげましょう。それがあれば、かれのスイートにいるのと同じ感覚を得られます」

「で、きみが上手に編集してつくりあげた映像を見せられるのか。こちらはエルファード人をライブで観察していると思っても、じつはうまくだまされているわけだ」

「まず第一に」クーリノルは真剣な調子で告げた。「メリオウンが登場するプシ映像など存在しません。どうやって制作するんです？　第二に、わたしみたいな商売人にも体面と自尊心があることを、どうか考えてください。あなたは何度も何度もこちらをぺてん師のようにあつかって、わたしを侮辱している。そして第三に、気にいらなければいつでもエリュシオンを去っていただいてけっこう。はっきりいっておきますが、あと一度でもぺてん師あつかいしたら、わたしがこの手であなたを追放します」

レジナルド・ブルは内心ほくそえんだ。わざと大げさな物言いをして、相手を怒らせてみたのだ。ホワルゴニウム塊三つと引き換えにできないメルラーの限界がどこにあるか、見きわめたかったのである。

「わかった」そういうと、三つの塊りをテーブルの上に置く。

たちまち、それらが消えた。クーリノルがわがものにしたのだ。

「失礼して、必要な準備をしてきます」と、メルラー。

霧が消えていく。そのときになって、ブルはあることに思いいたり、消えかけた姿に向かってあわてて呼びかけた。

「待て！　わたしはどれくらい待機する必要がある？　エルファード人はいつくるのだ？」

最後のシュプールが消えてしまう。答えを聞くことはできなかった。

あたりを見まわしてみた。鋼の手袋の光るシンボルも消えている。クーリノルのいうのぞき見ルートにつづく折りたたみ通路はもう存在しない。だが、それはいまのところどうでもよかった。あのとき、どうやってここにきたのだったか？　この部屋に最初に入ったときのことを思いだしてみる。支柱生物のウリポールが格納庫ホールを去ったすぐあとだった。ブルは同じ場所に立ち、ゆっくりとうしろ向きに歩いてみた……すると、その瞬間、グライダーがならぶ例のホールに立っていた。すぐ目の前に赤い発光マークがある。かれは満足して、こんどはためらうことなく、テラ風にしつらえた部屋へともどった。

クーリノルがいくら自尊心にかけて誓ったところで、ホワルゴニウムが関わっているかぎり、ブルはメルラーを信用しない。振動結晶体はこの銀河の生物にとり、これはきわめて高価な品であるようだ。かれらの高度発達技術をもってしても、これを人工的に製造するにはいたっていないのだろう。また、ホワルゴニウムの持つ五次元性の法則や機序をほかのメカニズムで代用するやり方も会得《えとく》していないらしい。換言すると、メルラーはこちらが調達できるかぎりのホワルゴニウムを手に入れるまではおちつかないはず。ブルは理由もなく、この高価な品の備蓄をすべて持参してきていないとほのめかしたわけではなかった。こちらがいま持っているもののほかにはなにも入手できないとクーリノルが思いこんだなら、ブルは一秒たりともおのれのぶじを確認することはできないだろう。

さて、格納庫ホールへの道はいまも開かれているとわかった。グライダーの操縦については問題ない。ウリポールのようすを観察していて、コンソール操作はまったく単純なものとわかったから。むろん問題は、クーリノルがこちらの逃走に気づいたときにどれくらい遠くにいるかだが、さしあたりいまはそれに頭を悩ます必要はない。ことが進んでいけば、そのときわかるだろう。いざとなったら、ドラクカーのウィスキーがくれた護符がある。

メルラーがもどってくるのを待つあいだ、折りたたみ通路のしくみを解明することにした。格納庫ホールとつながる部屋にいる場合、そこはホール後方の壁の近くということになる。ブルはポケットを探り、なくしても惜しくないものを使ってすこし実験しようと思いついた。実験材料を壁に向かって投げ、床に落ちる途中で消えるのを確認。何度か同じことをしてみて、通路の大きさがわかった。部屋の床から天井までつづいており、幅はだいたい三メートル。壁に向かって投げた物体は、一部は消えたものの、一部は壁に当たって落ちた。通路を通過できなかったのだろう。決定的なパラメーターとなるのは投げる角度だ。垂直から三十度以上の角度がつくと、折りたたみ通路は機能しなくなる。ブルは自身でそれを確認してみた。壁面に対してかなりの鋭角になるよう、からだをななめにして壁に向かうと、格納庫ホールに到達するかわりに、肩が壁をこすることになった。こういう動きをすると、通過は不可能なのだ。

この現象を〝装置不要の転送機〟と呼ぶことにする。部屋の後方の壁に固定された転送フィールドがあるということ。同じものが格納庫ホールにもあるわけだ。それがわかると、一連の出来ごともそう謎めいて見えなくなる。固定されていながらきわめて安定したフィールドをつくりだすには、秘訣があるのだろう。どこか中央指揮所でプロジェクションをつくっているにちがいない。自分の故郷である銀河系は、エレンディラ銀河で使われるプロジェクション技術について、まだなにも知らないのだが。

クーリノルがもどってきたので、ブルの考察は中断された。今回はメルラーが実体化するところを目撃した。わずかな時間で、霧のようにかたちのない不完全なヒューマノイドの姿になる。

「準備がすべてととのいました」と、異様な姿の生物がいう。

「メリオウンはいつ到着する？」

「いまにもあらわれるはず。総司令官は独自の輸送手段を持っており、われわれのグライダーにはたよらないので。ここでの滞在はみじかいものになると思われます。急いだほうがいいでしょう」

「わたしはどこへ行けば？」

「シンボルにしたがいなさい、こぶしを失った者よ」と、からかうような答えが返ってきた。「充分にエルファード人を観察し、もう好奇心を満足させたと思ったなら、前に教えた言葉を使うように。〝もどりたい〟と告げるだけです」

部屋の正面の壁に、戦士のこぶしの光るシンボルがあらわれた。これまでのものより大きく、鮮やかなオレンジ色だ。

「わたしがどれほどのリスクを負ったか、知っていてほしいものですな」と、メルラー。「盗み聞きされ観察されていると気づいたら、エルファード人は怒り狂い、エリュシオンをすべて破壊しかねません」

「職務上、必要なリスクだろう」ブルはにやりとして、「おまけに、応分以上の儲けを手にすることができるのだぞ」

クーリノルの反応を待つことなく、ブルは光るシンボルに向かって歩きだし、次の瞬間には姿を消していた。

＊

濁った沼の水のなかから苔《こけ》むした巨大な岩塊がそびえ、岸辺には花咲く芝地が絨毯のごとくひろがり、その向こうでは未知の植物が茂っている。この風景の上にあるのは、鈍いグレイの空。そこからときおり大粒のしずくが降ってきて、沼の表面がぴちゃりと音をたてる。かなり粘りけがある水のようだ。しずくによって生じる波はちいさく深く、たちまち消えてしまう。

レジナルド・ブルにとって、いまいるポジションは謎だった。この奇妙な風景を数メートル上から見おろしている。立った姿勢で浮かんでいるのだが、足の下に不可視のかたい地面を感じるのだ。両腕をのばせば、やはり見えない壁に突きあたる。透明な檻《おり》のなかにいるようなもの。プシ・ルートを使えるようにするとメルラーはいった。つまり、自分は実際に五、六メートル上方から下界の光景を見ているわけではなく、どこかべつの場所にいて、映像や音やにおいをプシオン的な方法で伝送されていると思うしかない。不可視の檻はかれをこの場にとどめおくのに使われている。へたに動けば、プシオンの調整がうまくいかなくなるかもしれない。

一瞬、エキゾティックな森の木々のあいだに半ヒューマノイドらしき輪郭が見えた。盛りあがった頭部の筋肉塊には見おぼえがある。メリオウンのスイートルームの見張りをつとめる拳闘士五名のひとりだ。

めりめり、ばりばりという音に注意を引かれた。森の右のほうで動きがある。生い茂る緑のなかから巨大な姿があらわれた。重装備の戦闘服を身につけ、ちいさい植物など気にかけずブーツで踏みしだいて進んでくる。ブルはからだをかたくした。自分はあれを知っている。背中に無数の恐ろしい棘がついた装甲。格子《こうし》つきヘルメットの奥には鬼火のような、目に似たグリーンの光がふたつ。

エルファード人がやってきたのだ！

メリオウンは太い柱のような両脚を使い、沼からそびえる岩塊へと数歩でよじのぼると、そのてっぺんで立ちどまった。ヘルメットをすこし前方にかたむけ、格子の奥のグリーンの目を光らせて、沼の水面をじっと見つめている。水浴するかどうか、考えているようだ。

そのあと起きたことがあまりに奇怪で予想外だったため、ブルは思わず息をのんだ。鋭い音がして戦闘服の脚の下半分ほどがぱっくり裂け、開口部が生じて、真っ白でかたちのない物質が岩の上にあふれてきたのだ。それが大量に出てくるにつれて、中身をなくした棘つき装甲服はその場に崩れ落ちる。半流体の白い物質はついに岩を全面おおいつくし、そのまんなかにグリーンに光る構造物がふたつ見えた。ほんの一分前には格子の奥に見えていたものだ。

つまり、これがメリオウンの真の姿ということ！

ブルがまだショックを克服できないでいるうちに、白い無定形の塊りがふたたび動きはじめた。岩をななめに滑り落ち、沼のなかに入っていく。スライムのような濁った水に塊りの先端が触れたとたん、うなり声のような音がもれた。人間がリラックスしたときに出すような声だ。太古の風景に見えるこの場所は、メリオウンの故郷惑星を模したものなのだろうか？　エルファード人は故郷での水浴を思いだして懐かしんでいるのか？

一メートルまた一メートルと、巨大なアメーバのようなからだが水に沈んでいく。水面にちいさな波が立ち、スライムのような水がぴちゃぴちゃと音をたてた。一分後、エルファード人は完全に水中にもぐってしまい、姿が見えなくなった。沼はなにごともなかったかのようにしずまっている。

ところが、奇怪な現象はまだ終わりではなかった。最後の波がしずまったとたん、とうに崩れ落ちていた戦闘服の裂けた脚の部分から、またなにかがあふれてきたのだ。こんどはブルーグレイの濃い煙である。ふつう煙は気ままに流れるものだが、これはそうではなく、おのれがどこをめざすか正確に知っているようだ。岩を伝っておりていき、水面の上に厚み十センチメートルの層をつくると、そのまま動かなくなった。

この煙がなんなのか、ブルは容易に推測できた。これは法典分子で満たされているのだ。メリオウンは水浴を終えたらすぐに、陶酔作用のあるガスで元気をつけるつもりなのだろう。

その推測が裏づけられた。五分後、粘りけのある水にまた動きが生じ、アメーバのようなからだがあらわれる。そこに漏斗のような器官が形成されたと思うと、ずるずるとブルーグレイのガスを吸いこむ音が聞こえた。水面にひろがっていた煙の層は、たちまち跡形もなくなった。

やがて、巨大アメーバののこりの部分も水から出てきた。岩によじのぼり、その上にひろがっていく。ブルはがっかりした。水浴びを終えたエルファード人は、いまから休憩するらしい。大きなホワルゴニウムの塊りを三つもさしだして、見るものはたったこれだけなのか？

だが、かれの失望は根拠なきものだった。このとき、声がしたのだ。まちがいなくメリオウンの声。何度も聞いているからわかった。ただ、アメーバ体がどうやって発声器官をこしらえているかは、神のみぞ知る。白い塊りはさっきと変わらず無定形で、四肢も見あたらないのだから。それでも、エルファード人のものとはっきりわかる声がこういった。

「主人にして永遠の戦士よ、メリオウンの声をお聞きください。力強き者よ、あなたに話しかけることをお許しいただきたい」

数秒後、沼の水面に光るシンボルがあらわれた。それを見たブルは電撃を受けたようになる。超越知性体エスタルトゥの紋章……恒久的葛藤のシンボルではないか！　三本の矢が正三角形の中心から、角に向かってのびている。

「わが勇者メリオウン、話すがいい」シンボルから声が響いた。

「力強き者に報告いたします。惑星ナガトとその住民に対する試験準備は計画どおり、とどこおりなく終わりました。永遠の戦士が慈悲深くナガトを照らすという証《あか》しである至福のリングは、完成間近であります」

「おまえが任務を遂行したことは知っている、メリオウン」と、応答がある。「わたしはみずから観察したのだ。ナガトにいたのでな」

ブルは息をのんだ。永遠の戦士がナガトにいたとは！　ロナルド・テケナーとその要員たちの救出に成功したなら、カルマーとの出会いについて報告が聞けるだろうか？

「だが、それをいいたくてわたしに呼びかけたのではあるまい、わが勇士よ」シンボルからの声はつづく。「その手の報告ならほかの手段で伝えられるはず。本当の目的はなんだ？」

「おお、あなたの鋭い悟性はなにも見逃さないのですな、わが主人」エルファード人はへりくだって答えた。「じつは、最近おかしなことが起きております。大勢のゴリムが奇妙な宇宙船に乗って輜重隊へと押しよせました。そのうちひとりがあなたのシンボル、戦士のこぶしをつけていたのです、ご主人。べつのひとりもやはりこぶし保持者だそうですが、なくしてしまったとか。わけがわかりません。聖なるシンボルをどうやって入手したのか突きとめたところ、おお、ご主人、ゴリムはこういったのです。かれらの故郷銀河にソトがあらわれ、贈り物として戦士のこぶしをくれたと。ぜんぶで三つあったそうですが、三人めの居場所はだれも知りません」

シンボルの声は長いこと沈黙していた。レジナルド・ブルは期待に息を凝《こ》らして答えを待つ。いま、なにが永遠の戦士の頭のなかに去来しているのだろう？ソト＝タル・ケルのことや、その銀河系におけるミッションを知っているのか？ストーカーは熱弁をふるい、好奇心そそるイメージを描いてみせることで、何百万というヴィーロ宙航士を力の集合体エスタルトゥに向かわせたわけだが、戦士はそれをわかっているのだろうか？

戦士がメリオウンの言葉を聞いて驚いたかどうか、その声からはまったくうかがえない。さっきと変わらず冷静でおだやかな話しぶりで、かれはこういった。

「異人のもとにソトがあらわれたかどうかは、たいした問題ではない。訊きたいのは一点のみ。目下、ゴリムのもとにある戦士のこぶしはひとつだけだな。ほんものか？」

「ほんものですとも、ご主人。それはたしかです」

「ならば、かれらは選びぬかれた者ということ。ゴリムにはあらゆる栄誉をもって遇するのだ」永遠の戦士の声がいう。「とりわけ、戦士のシンボル保持者に対しては」

「承知しました、ご主人」と、エルファード人。「おおせのとおりに。シンボル保持者にふさわしい栄誉をあたえよといわれるのですな」

「そのとおりだ、わが勇者」

これをもってメリオウンと最高指揮官の対話は終了した。沼のシンボルは消え、アメーバ体が動きはじめて、ふたたび棘つき装甲の脚の隙間からなかにもどる。重厚な戦闘服は、思いきり空気を吹きこんだ風船のごとくふくらんだ。アメーバ物質がすべて戦闘服に入ってしまうと、脚の隙間はひとりでに閉じた。エルファード人は周囲を見まわし、岩からおりる。しばらくのち、生い茂る森のなかを踏みしめていく足音が聞こえた。

その場にのこされたレジナルド・ブルは混乱のきわみにある。恐るべきことを聞いたものの、今後どうすればいいのか？　カルマーがナガトにいたというのはたしかにセンセーショナルな事実だが、だからといってこれをどう利用できる？　メリオウンがこれから敬意をもってヴィーロ宙航士に接するのはいい知らせだとはいえ、それで先に進めるのか？　多くの質問がブルの心を悩ますが、答えてくれる者はいない。

かれは意気消沈して空を見あげた。ずっと上のほうに、失われた手袋のオレンジ色のシンボルが浮かんでいる。

「もどりたい」と、苦々しく告げた。

＊

その小部屋はがらんとしていた。ブルは一瞬ためらう。もう一度エリュシオンで情報を探しまわるとすれば、どれくらい苦労することになるかと考えたのだ。実際、帰る潮時だろうか？　ここで得られる情報はもうないのか？　そこで思いいたったのは、ホワルゴニウムの話が出るたびクーリノルの声に貪欲さがにじむこと。いや、やはり帰るとしよう。またもどってくるかもしれないが、こんどはメルラーの罠に引っかからないよう、仲間とともにそれなりの準備をととのえてからだ。

後方の壁に向かって歩いていく。周囲が消えると同時に、ふたたび物質化するが、そこにひろがっていたのは予想と異なる光景だった。なにが起きたか、説明されなくてもわかる。ブルの胸にひろがったのは、怒りよりも後悔の念だ。クーリノルを見くびっていたということ。

そこは窓のない殺風景な部屋だった。飾りけのないテーブルと、椅子にもベッドにもなる脚つきシートがひとつずつあるだけ。天井のぎらつく発光プレートが明かりを投げかけている。壁は……娯楽の殿堂ではどこの壁も天井もすべてそうだが……フォーム・エネルギー製だ。ここの壁は、研磨されていない粗いベトン材の外見と強固さを表現しようと、苦心してしあげたらしい。

当然のごとく、そこに霧が生じた。今回はメルラーは人間の姿に似せる努力すらしていない。

「あなたがいちはやく逃げだすつもりだろうと思いましてね」と、クーリノル。「そこで、今回は帰り道を〝別方向に曲げておいた〟わけです」

「クーリノルは客をぺてんにかけないんじゃなかったのか」ブルの口調に軽蔑がにじむ。

「ぺてんには当たりません。わたしはけっして最初の言い値をまけることはしない。一時的にとりさげただけの話ですよ。メリオウンのところに行くにはヴァリオ振動結晶体が五つ必要です。あなたが出したのは三つだから、こちらにはあとふたつ貸しがある。なのに、あなたはそれを返さずにずらかろうとした。したがって、罰金を科します。残債を十倍で計算しました。つまり、ホワルゴニウム二十個ということ。それを支払えば、解放しましょう」

「疫病にやられてしまえ」ブルはうなった。「そんなにたくさん持っているわけがないだろう」

「ここにないというだけで、用立てることはできるはず」

「もしそれができるとしても、一ミリグラムだってやるもんか」

「おや、すぐに前言撤回するはめになると思いますがね」メルラーはばかにしたようにいう。「それまでここでくつろいで、ヴァリオ振動結晶体をだれに持ってこさせるか考えておいてください」

霧が消えた。ブルはがっくりしつつ、この場所にくるのに使った折りたたみ通路を探す。まだ存在するとは期待できないが。

十五分後、悲観的推測のとおりだとわかった。この独房から脱走する手立てはない。かれはすっかりしょげて、シートにすわりこんだ。右腕をのばし、手を開く。

「ウイスキー、きみのことを考えている」と、小声でいった。「わたしはいま、ピンチなのだ」

なにも起きず、護符はあらわれない。もう一度ためしてみるが、やはり成果はなかった。そこでようやく、ドラクカーのいった言葉を思いだしてみる。かれはこういったのだ。

〝これはあなたの意識と結合している。あなたが命に関わる危険を感じて不安をいだけば、それを感知します。そうなったら、わたしのことを考えなさい。しるしがあらわれるから〟

「そういうことか」ブルはやけっぱちのユーモアを発揮してつぶやいた。「すくなくとも、いま命の危険はないわけだ」

やがて、計画を練りはじめる。

＊

「至福のリングがどのように形成されるか、これで判明した」ロワ・ダントンはいった。「それだけでも一歩前進だ。たとえ個々の機器類や物質がどう機能するかわからないとしても」

「インペレーターというのはなんなのかしら？」デメテルが訊く。

「思うに、遠隔操作のミニチュア転送機だろう」と、ダントン。「四次元連続体に作用をおよぼすことなく、衛星の断片や岩塊をリング内の所定の場所に運ぶ役目だ。おそらく、自動プログラミング能力を持ち、作用のしかたをリングの形成ステージにそのつど合わせることができるのだと思う」

「最初から起爆クリスタルのなかに装塡されるの？」

「ひとつだけでなく、いくつもね。インペレーターはまさにマイクロ縮小技術の奇蹟だよ。わたしの概算では、それぞれの起爆クリスタルに数千とはいわないまでも、数百は装塡されている。ちなみに、断片物質を望みどおりに変色させるメカニズムも起爆クリスタルのなかにふくまれるようだ」

「ぜひとも起爆クリスタルをひとつ見つけて、中身を調べたいものです」巨大シガ星人のチップ・タンタルがため息をつく。

「いまだ疑問がのこるのだが」ダントンはメンターの言葉にはコメントせずにつづけた。「至福のリングをつくる目的はなにか？　ただのシンボルや飾りでないことは明白だ」

「ゴリムをひとり捕まえて説明させるといいわ」デメテルが皮肉めかしていう。「リングをよく思っていない者なら、それがどういう目的のためにあるのか知っているはず」

ダントンは考えこんだ。メリオウンはなぜ、リング技師の言葉をあれほどあわててさえぎったのだろう。われわれは異人だが、そのひとりはとにかく戦士のこぶし保持者なのに、なぜリング技師の船を攻撃したというゴリムの件について知られてはならないのか?

そのとき、船の心地よい声が話しかけてきて、ダントンははっとした。

「まだレジナルド・ブルから連絡はありません。二十時間前からコンタクトがとれないと《エクスプローラー》が知らせてきました」

ダントンはののしり文句を歯のあいだで噛み殺した。ブルは歳の市を近くで見たいといって出かけたのである。行方不明となると、探さなければならない……四京平方キロメートルにもおよぶ捜索範囲を。ダントンはブルが戦士のこぶしをなくしたことを責め、とりわけ危険な状況にあるのだからと忠告していた。なのに、あのどうしようもない頑固者は聞く耳持たなかったのだ。情報を集めるくらいならいいだろうと、いいはって。

ダントンは嘆息しながら顔をあげ、

「イルミナのほうは?」と、訊いた。

「やはり連絡がありません」船が答える。「搭載艇が一宇宙船団のなかに進入したのは確認しました。この船団は第四惑星の軌道上空に密集しています。ヴォルカイルが球型船で追っていましたが、イルミナの艇は消え去り、球型船は船団の周囲をめぐっています」

すくなくとも、いまのところはぶじらしい。いずれヴォルカイルもあきらめて撤退するだろう。ミュータントのことはそれから心配すればいい。そう思い、ダントンはあれこれ考えをめぐらせた。イルミナが追っ手に先んじることができたのは、変節したハンザ・スペシャリスト四名のひとり、ドラン・メインスターの忠告のおかげだ。メインスターは惑星クロレオンでの出来ごとのさい、エルファード人ヴォルカイルに寝返ったのだったが、いつのまにか改心したとみえる。ヴォルカイル自身のハイパー通信を使って知らせをよこすのは、すくなからぬリスクだったにちがいないから。

とはいえ、状況はあまりよろこばしくない。ブリーは行方不明だし、イルミナはいまだ窮地にある。永遠の戦士など悪魔にさらわれればいい。かつてあんなに楽しくなにも気にせずすごしていたヴィーロ宙航士の面々に、不運ばかりもたらすのだから。

＊

イルミナは細かい操縦を搭載艇に安心してまかせていた。むろん、機動を決定するのは艇じたいではなく、つねに通信経由でプシ・コンタクトをとっている《アスクレピオス》の精神なのだが。搭載艇が《アスクレピオス》に最短でもどろうとしているのはまちがいない。とにかく最初はそのはずだった。しかし、リング技師ベ＝ルコの船を出発して三十秒後には、大型の一飛行物体を探知した。非常に高いポジションから、すなわち惑星軌道のまんなかより上からあらわれ、こちらを追跡してくる。詳細探知の結果、予測が裏づけられた。未知の飛行物体は九つの球がくっついたかたちをしている。ヴォルカイルの宇宙船だ。

「現状では《アスクレピオス》への帰還は不可能です」おだやかな声が伝えてきた。

「どこかにかくれ場を探さなければなりません」

「了解。場所はまかせるわ」イルミナは応じる。

「捕まっちゃうよ！」キドが大声を出した。「あの船、ぼくらをとらえて殺す気でいる。感じるんだ」

「おちついて」ミュータントはキドの震えるちいさなからだを抱きよせた。「相手にはなにもできやしないわ」

「嘘だ」キドは抗議したが、イルミナにやさしく抱きしめられて、すぐにおとなしくなる。

そうよ、嘘なの。イルミナは悲しげにそう考え、探知機の表示を心配げに見た。エルファード人の宇宙船のリフレックスが大きくなり、恐ろしい速さで映像の中央に近づいている。こちらは速度では相手に勝てない。ひとつ利点があるとすれば、すばやく動けることとだけだ。

数分が経過。このあいだにエルファード人の船はあとわずか数千キロメートルのところまで迫り、漆黒の宇宙空間でもちいさな光点として目視できるようになった。だが、ミュータントが安堵したことがひとつある。ヴォルカイルは強力な兵装を持つのだから、こちらを殲滅《せんめつ》する気ならとっくにしているはず。そうなっていないということは、すくなくともいまのところ、命の心配をする必要はなさそうだ。

右舷方向に複数の宇宙船が密集していた。搭載艇はその左側を抜けて追いこそうとする。船団は非常に密な状態でならんでいるため、数秒前まではひとつの探知リフレックスがぼんやり見えていただけだった。いまになってようやく、ぶあつかったしみが個々の船に分散していくのがわかった。

「どうしてあそこにかくれ場を探さないの？」ミュータントは不思議に思って訊いた。

「そんなことをしたら、ヴォルカイルにこちらをまっすぐ追わせることになります」艇の答えだ。「機動性だけがこちらの利点です。それを利用しなくては」

イルミナにもその言葉の意味はすぐにわかった。船団はゆうに一万キロメートル、右方向にはなれている。搭載艇は光速の二十パーセントで船団のわきを通りすぎ、ここから回避機動に入った。その動きがあまりに急だったため、衝撃吸収アブソーバーが慣性力を完全に中和しきれない。ミュータントは見えない巨人のこぶしを押しつけられてシートに沈みこむように感じた。キドは苦痛と不安で悲鳴をあげる。イルミナは数秒のあいだ、気を失うまいと必死だった。ふたたび思考が明晰になったとき、探知スクリーンにリフレックスがうごめいているのが見えた。艇は速度を落とし、船団のなかを動いている。

「ヴォルカイルは？」というのが、最初にイルミナの口から出た質問だ。

「行きすぎて目標を追いこしました」艇が答える。スクリーンのはし近くで一リフレックスが点滅している。「向こうが真相に気づくころには、こちらはとっくにかくれ場にいるでしょう」

ぼんやりした光のしみが上下左右にあらわれ、通りすぎて消えていく。すくなくとも三千隻の規模の船団だとイルミナは見積もった。ありとあらゆるタイプの宇宙船で構成され、かなり密集しているため、各船のあいだは数キロメートルほどしかない。このごたごたのなか、ヴォルカイルの探知機がちいさな搭載艇を見つけだすことなど、まず考えられない。

ほっと息をついたそのとき、探知スクリーンの映像に気づいた。黒い背景のなか、一球型船がこちらに近づいてくる。搭載艇はコースをすこし変更し、未知船の方向に進んだ。恒星セポルの光を受けて、船の外殻が見える。表面は無数の凹凸でおおわれ、皺とひび割れだらけだ。象の皮膚のようだとイルミナは思った。その船殻のまんなかに開口部が生じ、奥から不思議な光がもれてくる。

「いったいなにをするつもり？」イルミナは不安をおぼえて艇にたずねた。

「もう安心だとでも思ったのですか？」搭載艇の答えだ。「ヴォルカイルはそうかんたんにあきらめません。斥候を送ってこちらを探させるでしょう。われわれ、船のなかにかくれ場をもとめなければ。見つからずにいられるのはそこしかありません」

非の打ちどころがない論理で、イルミナは反論できない。とはいえ、このひび割れた船殻には違和感をおぼえるが。搭載艇は開口部からなかに滑りこんだ。ミュータントが振り返ると、小型艇の背後で船の進入口が縮んでいき、数秒後には見えなくなった。その閉じ方は、よくある従来のロックシステムというより、括約筋のような感じだ。

搭載艇は乳白色の光であふれた空洞に浮かんでいた。突然、声が聞こえてくる。どこから響いているのかわからない。直接、意識に語りかけられているのだろうか。

「患者の船へようこそ」

キドが鋭い悲鳴をあげた。電光石火でテーブルの下にもぐりこみ、細い腕で頭をかくしている。

「患者ってだれ？」イルミナは驚いて訊いた。

「わたしです」

その返事を聞いて、ミュータントにはわかった。どうやら自分たちはヴォルカイルの追跡から保護されただけでなく、あらたな冒険へと足を踏み入れたらしい。皺だらけの船殻の眺めはまだはっきりおぼえている。

患者は船内にいるのではない。船じたいが患者なのだ。

あとがきにかえて

星谷　馨

ペリー・ローダン・シリーズ六三三巻をおとどけします。

本作の前半ではメタバイオ変換能力者のイルミナ・コチストワが八面六臂《はちめんろっぴ》の活躍を見せる。彼女がこれほど全面的に主人公を演じる話はめずらしいかもしれない。わたしの仕事部屋の壁には工藤稜氏のイラストになるイルミナの絵葉書を貼ってあるのです。ローダン・シリーズに登場する女性はほとんどがスタイル抜群の美女ばかりだけど、絵葉書のイルミナも若々しくてすてきだ。彼女を母親のように慕うキドがこれからどんなふうに絡んでくるのか、今後の展開が楽しみである。

それから、後半に出てくる輜重隊《しちょう》の〝歳の市〟についてひと言。原文のJahrmarktは見本市を兼ねた大規模な祭典のことで、フェアと表現するほうがわかりやすいかもしれない。ネットで検索してみたところ、歳の市とはもともとは年末に寺社で開かれる門前市のことだったようだ。暮市、ツメ市、ツメマチなどとも呼ぶらしい。平凡社『世界大百科事典』には「青森県三戸地方のツメマチには親に似た人が出るという伝承があり、長野県北安曇郡や上水内郡などの暮市には山姥《やまうば》が現れるといわれていた」とある。

古い年から新しい年へ。その移り変わりの準備がおこなわれる歳の市という場では、別世界への扉が開き、神秘的なものがうごめいたり霊力が働いたりすると考えられていたのかもしれない。そうなると、今回レジナルド・ブルが謎だらけの生物ウィスキーによって不思議な場所へと導かれたのも納得できる気がする。

さて、いつもこのコーナーにくると「なにを書こう？」とネタに悩むのだが、今回はわりとすぐに思いついたことがあった。たしか四年前、本作と同じく一月刊行の担当巻でアメリカ大統領選の話に触れた気がする。そう思って過去の作品をひっぱりだしてみると、五三七巻『自転する虚無』の「あとがきにかえて」にこう書いてあった。

「この五三七巻が刊行されるころにはトランプ第四十五代アメリカ大統領が誕生しているだろう。クリフトン・キャラモン提督の活躍した二十五世紀でさえ、声の大きな力強き者が支配する世の中だった。現代に生きる地球人《テラナー》たちのめざす道は、今後ますます予見しにくくなりそうだ。反グローバリズムへの傾向が、二〇一七年にはさらに強まっていくのだろうか」

その後の四年間がほぼこの言葉どおりに推移したことは、だれもが知っているだろう。人々の思想や主義主張のちがいがひとつの国を分断し、その溝は気がつけば世界全体に影響をおよぼすほど深いものになってしまった。そんな人間界をあざわらうかのように、目に見えないウイルスがあちこちで猛威をふるっている。

この原稿を書いている二〇二〇年十二月八日時点でドナルド・トランプ氏はまだ敗北宣言をしていない。彼の姪で臨床心理学者でもあるメアリー・トランプ氏の著書 *Too Much and Never Enough: How My Family Created the World's Most Dangerous Man*（邦題『世界で最も危険な男』）を読むと、この人物が最高権力者の地位にあったアメリカの四年間がいかに常軌を逸していたかわかり、慄然とした。

「あなたの意見にわたしは賛成しない。しかし、あなたがその意見を言う権利は命をかけても守る」

十八世紀のフランスの哲学者ヴォルテールのものとされている（諸説あるようです）この言葉は、わたしの座右の銘でもある。異なる意見をにぎりつぶす問答無用のやり方は、もううんざり。第四十六代アメリカ大統領の選出を機に、混迷のなかにあるテラナーたちが二〇二一年にはあるべき方向へと進んでいけることを、心から願っている。

2000年代海外SF傑作選

橋本輝幸編

独特の青を追求する謎めく芸術家へのインタビューを描き映像化もされたレナルズ「ジーマ・ブルー」、東西冷戦をSFパロディ化したストロス「コールダー・ウォー」、炭鉱業界の革命の末起こったできごとを活写する劉慈欣《リウ・ツーシン》「地火《じか》」など二〇〇〇年代に発表されたSF短篇九作品を精選したオリジナル・アンソロジー

ハヤカワ文庫

歴史は不運の繰り返し

――セント・メアリー歴史学研究所報告

Just One Damned Thing After Another

ジョディ・テイラー

田辺千幸訳

歴史家の卵マックスは恩師からセント・メアリー歴史学研究所での勤務を紹介される。じつはここでは実際にタイムトラベルしながら歴史的事件を調査していたのだ！　ハードかつ凄惨を極める任務、さらには研究所を揺るがす陰謀まであきらかになり⁉　英国で大人気のタイムトラベルシリーズ開幕篇。解説／小谷真理

訳者略歴　東京外国語大学外国語学部ドイツ語学科卒，文筆家　訳書『〈つむじ風〉ミュータント』フランシス＆エーヴェルス，『美しき女アコン人』エーヴェルス＆ツィーグラー（以上早川書房刊）他多数

HM=Hayakawa Mystery
SF=Science Fiction
JA=Japanese Author
NV=Novel
NF=Nonfiction
FT=Fantasy

宇宙英雄ローダン・シリーズ〈633〉

疫病惑星《えきびょうわくせい》の女神《めがみ》

〈SF2312〉

二〇二一年一月二十日　印刷
二〇二一年一月二十五日　発行
（定価はカバーに表示してあります）

著者　H・G・フランシス　クルト・マール
訳者　星《ほし》谷《や》馨《かおり》
発行者　早川浩
発行所　株式会社 早川書房

郵便番号　一〇一-〇〇四六
東京都千代田区神田多町二ノ二
電話　〇三-三二五二-三一一一
振替　〇〇一六〇-三-四七七九九
https://www.hayakawa-online.co.jp

乱丁・落丁本は小社制作部宛お送り下さい。
送料小社負担にてお取りかえいたします。

印刷・信毎書籍印刷株式会社　製本・株式会社川島製本所
Printed and bound in Japan
ISBN978-4-15-012312-3 C0197